LES MERS POLAIRES

DRAME EN CINQ ACTES AVEC UN PROLOGUE

PAR

M. CHARLES EDMOND

MUSIQUE DE M. BOVERY. — BALLETS DE M. MATHIEU. — DÉCORS PEINTS PAR M. EUGÈNE FROMONT. — COSTUMES D'APRÈS LES
DESSINS DE M. CH. GIRAUD.

REPRÉSENTÉ POUR LA PREMIÈRE FOIS, A PARIS, SUR LE THÉATRE IMPÉRIAL DU CIRQUE, LE 7 JUIN 1858.

DISTRIBUTION DE LA PIÈCE.

SIR JOHN FRANKLIN	MM. E. GALLAND.	OLAFSEN, missionnaire danois	TOURNOT.
BELLOT, lieutenant	P. DESHAYES.	UN MAITRE D'HOTEL, à bord du *Phénix*	ACHILLE.
YARLEY, pilote des glaces	LAMBERT.	UN COURRIER	LANGLOIS.
DICK MAC-GREGOR, vieux serviteur	VOLLET.	UN DOMESTIQUE	
NANECK, Esquimau	BENJAMIN.	SPOOR, mousse anglais	Mmes PERSON.
LE COMMANDANT du *Phénix*	ARRONDEL.	LADY CECILIA	BOVERY.
DUNCAN, alderman	BOILEAU.	MISS EVA MORTON	RÉNÉE.
TURNER, lieutenant	N. DANNAY.	MISTRESS MORTON	RESAUD.
PIERRE LE HARDY, chasseur canadien	NOEL.	CATHERINE, femme de Job Leroux	VALÉRIE.
SNAFF, matelot anglais	COCHET.	MADAME OLAFSEN	CASSARD.
JOB LEROUX, chasseur canadien	NERAULT.		
JACK ELTON, master	LAROCHE.		
BLICK, matelot	PASCAR.		
PHIDIAS, nègre matelot	DARCOURT.		

ÉTAT-MAJOR, MEMBRES DE LA MUNICIPALITÉ D'ABERDEEN, BOURGEOIS, PEUPLE, HOMMES, FEMMES, ENFANTS, OFFICIERS DE MARINE, MAITRES D'ÉQUIPAGE, ESQUIMAUX, MATELOTS.

PROLOGUE.

Aberdeen.

Un salon confortablement meublé dans le cottage de mistress Morton. Quelques tableaux de marine suspendus aux murs.

SCÈNE PREMIÈRE.

MISTRESS MORTON, L'ALDERMAN DUNCAN.

L'ALDERMAN.

Mistress Morton, je pense que je ne suis pas en retard. Le courrier de ce matin vous a-t-il apporté des lettres de lady Franklin ?

MISTRESS MORTON.

Nous en recevons à l'instant. Lady Franklin, malgré l'état fâcheux de sa santé, se met en route pour Aberdeen. Nous l'attendons d'un moment à l'autre. Sa sœur, la digne femme qui s'est si noblement associée à toutes les douleurs et aux sacrifices de l'héroïque épouse de sir John, lady Cecilia, termine en ce moment sa correspondance. Vous la verrez tout à l'heure. Apportez-vous de bonnes nouvelles ?

L'ALDERMAN.

Bonnes nouvelles, mistress Morton ? Il n'y en a qu'une bonne pour votre amie lady Franklin, et certes ce n'est pas un alderman et notaire à la fois de la ville d'Aberdeen qui soit en état de la lui apporter.

MISTRESS MORTON.

Oui, Dieu seul sait où se trouvent aujourd'hui l'infortuné

sir John Franklin et les pauvres naufragés de *l'Érèbe* et de *la Terreur*, si toutefois ils vivent encore !

L'ALDERMAN.

Elle l'espère, la sainte femme ! et elle lutte vaillamment pour arracher leur secret aux terribles mers du pôle. Toute sa fortune y passera. J'en apporte le reste à sa sœur. Lady Franklin m'a chargé de vendre une terre qu'elle possédait dans le comté d'Argaïl, sa dernière propriété !

MISTRESS MORTON.

En effet, l'idée d'envoyer une nouvelle expédition à la recherche de sir John Franklin ne la quitte pas un seul instant.

L'ALDERMAN.

C'est encore heureux qu'à son âge, avec sa santé, elle ne pense plus à s'embarquer elle-même. A votre dernière visite chez elle, l'avez-vous maintenue dans ces sages dispositions ?

MISTRESS MORTON.

Elle a fini par céder à nos prières, aux sages conseils de tous ses amis, aux larmes de sa sœur lady Cecilia. Cela n'a pas été sans peine. Croyez que ma nièce ne demandait pas mieux que de partager avec lady Franklin les périls de cette horrible navigation.

L'ALDERMAN.

Miss Eva a un noble cœur et du sang de marin dans les veines.

MISTRESS MORTON, *après un instant de réflexion.*

Une nouvelle expédition aura peut-être plus de bonheur que les précédentes....

L'ALDERMAN.

Il faut encore pouvoir l'organiser, et, entre nous, lady Franklin et sa sœur sont à bout de ressources.

MISTRESS MORTON.

Et la vente de cette terre ?

L'ALDERMAN.

Couvrira à peine une partie des frais.

MISTRESS MORTON.

En vérité ? De sorte que la pauvre femme ...?

L'ALDERMAN, *achève.*

Ne se doute guère combien peu il lui reste.

MISTRESS MORTON.

Alderman Duncan, une part de ma fortune est entre vos mains...

L'ALDERMAN.

Vous n'avez pas besoin d'achever : vous la mettez à la disposition de lady Franklin. C'est inutile.

MISTRESS MORTON.

Et pourquoi ?

L'ALDERMAN.

Elle ne l'acceptera jamais ; je connais sa fierté.

MISTRESS MORTON.

Vous mettrez cela sur le compte de l'acheteur de la propriété : il la lui aura payée plus cher qu'elle ne s'y attendait. C'est tout simple !

L'ALDERMAN, *tirant un papier.*

Voici l'acte de vente ; il est signé et va lui être expédié tout à l'heure.

MISTRESS MORTON.

Et l'amirauté ne pense donc plus à lui venir en aide ?...

L'ALDERMAN.

L'amirauté de la Grande-Bretagne a fait de nombreux sacrifices. Vous le savez ; plusieurs expéditions ont déjà été envoyées au pôle ; aucune n'a abouti. L'espérance, vertu facile au cœur dévoué d'une épouse, peut cette fois-ci avoir fait défaut à l'esprit expérimenté de leurs seigneuries les lords du conseil.

SCÈNE II.

MISTRESS MORTON, L'ALDERMAN, LADY CECILIA, MISS EVA.

LADY CECILIA.

Vous voilà, alderman. C'est bien ; je vous remercie de votre exactitude. Je viens de parcourir le devis de la nouvelle expédition. M'apportez-vous l'acte ?

L'ALDERMAN, *lui tendant un papier.*

Le voici, milady.

LADY CECILIA, *le parcourant du regard.*

La différence est considérable. Il faut aviser à d'autres moyens. Nous en trouverons !

MISS EVA.

Milady, le cœur de lady Franklin ainsi que le vôtre sont inépuisables.

L'ALDERMAN.

Mais les ressources d'une seule fortune ont des limites.

LADY CECILIA.

C'est juste, aussi ces limites faut-il les atteindre. Les résolutions dont ma sœur me fait part dans sa dernière lettre sont arrêtées. Il nous reste encore notre maison et notre parc de White-House. Prenez l'affaire entre vos mains, alderman, et vendez l'habitation dans le plus bref délai. Partez vite pour Londres ; en moins d'une semaine vous pouvez être de retour, n'est-ce pas ? Et ne soyez pas trop exigeant !

MISTRESS MORTON.

Vendre White-House ! y pensez-vous, milady ? L'endroit où naquit sir John !

MISS EVA.

Où il a passé son enfance ! une maison qu'il aime tant !

LADY CECILIA.

Mes chers amis, il n'y a aujourd'hui qu'une seule chose qui ait du prix pour ma sœur : c'est la vie de sir John.

MISTRESS MORTON.

Vous nous appelez vos amis, milady, et pourtant il me semble que vous ne nous traitez guère comme tels. Je me plains de vous tout autant que de votre sœur.

L'ALDERMAN.

Le reproche de mistress Morton me paraît assez fondé.

MISS EVA.

Nous ne vous sommes bons à rien, vous ne nous aimez pas.

LADY CECILIA.

Nous vous aimons, n'en doutez pas, et je vous comprends. Mais il est des situations où l'on ne supporte le fardeau de la vie qu'à la condition d'épuiser toutes ses forces à soi, de vouer tous ses moyens d'abord à la poursuite de son but. Tant que ma sœur est vivante, tant qu'il lui reste encore quelque chose, il lui semblerait qu'elle commet un sacrilége en cédant à qui que ce soit la moindre parcelle des charges qui lui reviennent de droit. Sa tâche n'est pas finie ; celle de nos amies n'a encore aucune raison de commencer.

MISS EVA.

Milady, vous êtes de saintes femmes !

LADY CECILIA.

Chère enfant, ce mot, bien que ce soit votre cœur qui vous le dicte, sonne mal à mes oreilles. A votre entrée dans la vie, il est dangereux de s'exagérer ainsi la portée des choses simples : on peut être maudit quand on trahit ses devoirs, mais pour être sanctifié, il ne suffit pas de les accomplir.

L'ALDERMAN.

Milady, faut-il que, pendant mon séjour à Londres, je rende visite à leurs seigneuries les lords de l'amirauté ? Nous avons parmi eux des amis, de vrais amis.

LADY CECILIA.

Gardez-vous-en bien ! Ma sœur en serait vivement contrariée. Aussi longtemps que l'amirauté avait de l'espoir, elle n'épargnait à la recherche de sir John ni hommes ni vaisseaux. Nous lui devons une profonde reconnaissance, mais il ne nous est plus permis d'abuser davantage de sa générosité. Dans cette lamentable affaire, chacun déjà est allé au delà des limites de son devoir.

MISTRESS MORTON.

Mais alors, comment lady Franklin va-t-elle faire si elle n'espère pas que le gouvernement anglais prenne part à l'expédition qu'elle projette ?

LADY CECILIA.

Ma sœur y a réfléchi. Tous les ans, d'intrépides baleiniers s'élancent du port d'Aberdeen vers les mers polaires. C'est un de ces hardis navigateurs qu'elle compte charger de sa mission ; une pareille entreprise offre trop de périls et de gloire à la fois pour que les concurrents nous fassent défaut.

L'ALDERMAN.

C'est parce que cette mission est glorieuse, milady, qu'elle appartient de droit à l'Angleterre tout entière.

LADY CECILIA.

Partez, mon ami, pour Londres ; ce soir on vous enverra les papiers nécessaires.

L'ALDERMAN.

Milady, je n'ai qu'à vous obéir. (*Il s'incline et sort.*)

SCÈNE III.

LADY CECILIA, MISTRESS MORTON, MISS EVA.

MISS EVA.

Il y aura peut-être des marins qui regretteront beaucoup que lady Franklin n'ait pas fait appel à leur dévouement pour sa prochaine expédition.

LADY CECILIA.

Oui, il y en aura un surtout ; celui qui s'est tant illustré lors de son dernier voyage au pôle à bord du *Prince-Albert.*

MISS EVA, vivement.

Le lieutenant Bellot?

LADY CECILIA.

Précisément : vaillant jeune homme et qui fait honneur à la marine de France ; heureuse la mère d'un pareil fils !..

MISS EVA.

Oh ! oui, elle a le droit d'en être fière, n'est-ce pas, milady ?

MISTRESS MORTON.

Le fait est que son départ pour la France m'a fait un vif chagrin.

MISS EVA, vivement.

Et à moi !

LADY CECILIA.

Nous le reverrons, je l'espère, mais comme hôte... ne fait-il pas désormais partie de notre famille ? ne sommes-nous pas liés par la sainte parenté du dévouement?

MISS EVA, à part.

Que Dieu l'entende, milady !..

MISTRESS MORTON.

Ne pensez-vous pas, milady, que la prochaine expédition gagnerait à être conduite par quelqu'un qui ait déjà l'expérience de ces mers si peu connues?..

LADY CECILIA.

Sans doute !.. aussi j'espère que la personne que ma sœur a en vue ne lui refusera pas son concours. C'est un homme hardi, habile, dont on ignore l'origine, mais qui, en peu de temps, s'est acquis une grande réputation. Il est disponible pour le moment et il se trouve à Aberdeen. Je l'ai prié de passer chez moi et je l'attends.

MISS EVA.

Qui est-ce ?

UN DOMESTIQUE, entrant.

M. Yarley demande si milady peut le recevoir?..

LADY CECILIA, à miss Eva.

C'est lui-même. (Au domestique.) Faites entrer. (Le domestique sort.)

SCÈNE VI.

LES MÊMES, YARLEY.

LADY CECILIA.

Monsieur Yarley, vous m'avez dit qu'en cas d'une nouvelle expédition à la recherche de sir John nous pouvions compter sur vous.

YARLEY.

Est-ce vrai, milady, que lady Franklin ait le projet d'en envoyer encore une?

LADY CECILIA.

Cela vous étonne ?

YARLEY, avec un léger embarras.

Nullement !.. et si tel est son désir, j'ose espérer, milady, qu'elle daignera accepter mes services avant ceux de tout le monde.

LADY CECILIA.

Ma sœur compte sur vous... (Elle l'observe un instant.) Auriez-vous par hasard la conviction que l'espoir dont elle se berce n'est qu'une illusion, une folle chimère ?..

YARLEY.

Milady, le marin est comme le soldat... son devoir est de monter à la brèche sans se préoccuper de la victoire.

LADY CECILIA.

Monsieur Yarley, parlez-moi franchement !.. vous désespérez !

YARLEY.

On ne désespère pas, milady, des navigateurs comme sir John Franklin. Leur génie leur suscite des ressources là où un regard vulgaire n'entrevoit plus de salut.

MISS EVA.

Sa vie entière ne prouve-t-elle pas que la protection divine a toujours veillé sur lui?

MISTRESS MORTON.

Et l'appui des hommes non plus ne lui a pas manqué.

YARLEY.

C'est que le but que poursuivait sir John était grand. Découvrir le célèbre passage conduisant des ports de l'Europe à ceux de la Chine, par le nord de l'Amérique et le détroit de Behring, quelle gloire pour l'Angleterre, quels résultats pour l'accroissement de sa puissance !

LADY CECILIA.

Oui ! il en a fait le rêve de toute sa vie.

YARLEY.

Et l'objet de surhumains efforts !.. toujours en lutte, toujours aux prises avec le danger !.. La nature interdite le voyait apparaître là où elle avait cru poser des barrières infranchissables à l'énergie humaine. En 1818, avec Buchan dans les mers du Spitzberg ; l'année suivante, pendant trois ans, affrontant les périls de la baie d'Hudson et des rives de l'Océan polaire ; en 1825, à l'embouchure de la rivière Mackensie, sur des côtes battues incessamment par les tempêtes du pôle ! L'âge n'a fait qu'augmenter sa persévérance. Vingt ans après, il partit encore avec ses deux navires : l'Érèbe et la Terreur.

LADY CECILIA.

Et les dernières nouvelles que nous en avons reçues étaient du détroit de Lancastre.

MISS EVA.

Et plus rien après?

LADY CECILIA, avec tristesse.

Rien !

YARLEY.

Est-ce la faute des hommes, milady?.. Voyez cette série de marins qui s'élancent à sa recherche !.. C'est sir James Ross qui court le premier ; ce sont les capitaines Kellet et Moore qui le suivent. L'Amérique joint son élan à celui de l'Angleterre : le marchand Grinel équipe lui-même un vaisseau ; le docteur Richardson s'aventure pour la deuxième fois au pôle, tandis que le vieil amiral sir John Ross part de Londres sur son propre yacht et voue le reste de sa vie au salut de son ancien compagnon d'armes.

MISTRESS MORTON.

Sans compter tout l'or, tous les efforts que lady Franklin et vous avez si généreusement prodigués !

YARLEY.

Et toujours pas de nouvelles ! C'est en vain que, depuis, le capitaine Austinn explore le détroit de Barrow ; que le capitaine Penny sur son navire baleinier pénètre dans les glaces ; que deux bâtiments américains commandés par Haven passent tout un hiver au milieu de la débâcle polaire ; c'est en vain que nous-même, l'an passé, à bord du Prince-Albert équipé à vos frais, promenons le pavillon britannique dans des contrées qui jusqu'ici ne l'avaient jamais vu... Un silence de tombeau, c'est la seule réponse qu'il nous est donné de vous apporter.

LADY CECILIA.

Silence de tombeau?.. non, monsieur Yarley, sir John est vivant. Je ne puis pas vous le prouver, mais je l'affirme. Ma sœur en est convaincue.

MISS EVA.

Ce pressentiment, le lieutenant Bellot le partage avec lady Franklin. (Yarley fait un geste de doute.)

LADY CECILIA.

Et elle a foi en lui !.. ses dernières conversations, ses dernières lettres l'ont confirmée dans ses projets. Le noble jeune homme !.. si l'expédition, cette fois-ci, suit les conseils du lieutenant Bellot, vous rapporterez des nouvelles de sir John, je vous le prédis.

YARLEY.

Veuillez excuser, milady ; mais, à mon point de vue, l'expérience des navigateurs anglais...

MISS EVA.

Il me semble que le lieutenant Bellot comme expérience ne le cède à personne.

LADY CECILIA achève.

Du moins à ce que prétendent nos plus illustres marins.

YARLEY.

Je croyais que leurs seigneuries les lords de l'amirauté ne retrouvaient plus aujourd'hui leur ancienne confiance dans le succès d'une expédition au pôle.

LADY CECILIA.

Hélas ! monsieur Yarley ! je dois en convenir. Mais les lords de l'amirauté sont des hommes, ils peuvent se tromper. (Elle tombe dans une profonde rêverie.)

MISTRESS MORTON, à part, à Yarley.

Elles vendent leur dernière propriété, le berceau de leur famille, pour subvenir aux frais d'une nouvelle tentative.

YARLEY, à part, à mistress Morton.

Dissuadez-les, mistress, sir John est mort depuis longtemps.

MISTRESS MORTON, bas à Yarley.

Vous le croyez?

YARLEY, bas à mistress Morton.

Je parierais ma tête !

MISTRESS MORTON, bas à Yarley.

Pourtant... l'avis du lieutenant Bellot est formel.

YARLEY.

Un avis n'est important que lorsqu'il est donné par ceux qu'il engage, et je ne crois pas le lieutenant Bellot prêt à recommencer son voyage au pôle. En Angleterre, lady Franklin est la seule de son opinion. Cela suffit, j'espère.

4

SCÈNE V.

LES MÊMES, UN DOMESTIQUE, entrant avec précipitation.

LE DOMESTIQUE.

Milady, un pli à votre adresse. (Il lui présente une lettre.)

LADY CECILIA.

Donnez! donnez vite!.. (Après avoir décacheté la lettre.) Un cachet officiel! et c'est ma sœur qui me l'envoie!.. (Elle s'arrête.) Ah! mon Dieu! je crains tant les nouvelles inattendues!

MISS EVA.

Elles ne peuvent être que bonnes. Lisez, milady.

LADY CECILIA, lisant.

« Chère sœur, je reçois à l'instant une lettre du premier lord de l'amirauté. » (A miss Eva.) Tenez, Eva, lisez... je n'y vois plus clair. (Elle essuie ses larmes.)

MISS EVA, lisant.

« Milady, l'amirauté de la Grande-Bretagne, ayant appris que vous projetiez une nouvelle expédition à la recherche de sir John Franklin, sollicite auprès de vous l'honneur de joindre ses efforts aux vôtres. Les devoirs de l'Angleterre, milady, ne resteront pas au-dessous de votre dévouement. La patrie partage vos craintes et vos douleurs, votre sollicitude et vos espérances. Le navire le Phénix est mis à votre disposition. Six autres bâtiments, trois navires et trois steamers, en station au détroit de Barrow, et commandés par les capitaines Belcher et Kellet, reçoivent l'ordre de prêter leur appui au Phénix, et d'expédier régulièrement à Londres de ses nouvelles. Le conseil des lords décerne une prime de vingt mille guinées à celui qui parviendra à porter secours aux naufragés de l'Érèbe et de la Terreur. Dix mille guinées sont destinées à celui qui apportera des renseignements certains sur le sort de sir John Franklin et de ses compagnons. Vous daignerez vous-même, milady, désigner les hommes auxquels il vous plaira de confier votre glorieuse mission. La France, cette fois-ci encore, vous donne un éclatant témoignage de sa sympathie, en vous priant de vouloir bien admettre, parmi les officiers du Phénix, le lieutenant Bellot! » (A part.) Ah! j'en étais sûre!

LADY CECILIA.

Dieu soit loué!.. deux grands pays, deux fières nations ont entendu les battements du cœur de la pauvre désolée!..

MISTRESS MORTON, bas à Yarley.

Eh bien!.. qu'en dites-vous?

YARLEY, à lady Cecilia.

Lady Franklin a le choix de ses hommes moi; j'ai sa promesse!

LADY CECILIA.

Ma sœur la tiendra, je m'y engage en son nom. Monsieur Yarley, réunissez vos marins. Choisissez de préférence parmi ceux qui ont fait déjà l'expédition précédente. Vous aviez un jeune mousse auquel vous sembliez beaucoup tenir...

YARLEY.

Oui, un jeune homme, Spoor. Milady est vraiment trop bonne.

LADY CECILIA.

Prenez-le avec vous... A son retour, nous songerons à son avenir.

MISS EVA.

Et ce pauvre Esquimau Naneck, que le lieutenant Bellot a ramené avec lui du Groënland ; il reverra sa patrie plus tôt qu'il ne s'y attendait.

MISTRESS MORTON, à part, au domestique.

Courez vite chez l'alderman Duncan! qu'il ne parte plus à Londres!.. Milady, vous ne vendrez pas votre maison de White-House!..

LADY CECILIA, tombant entre les bras de mistress Morton.

Chère amie!.. Pourvu qu'on le retrouve!.. pourvu que Dieu le conserve encore au nombre des vivants!.. (Yarley fait un geste de doute et de dépit.)

ACTE PREMIER

Détroit de Wellington. — Terre de Cornwallis.

Le rivage d'une baie glacée. Au fond, à gauche du spectateur, un cap médiocrement élevé; des croix, plantées à l'extrémité de ce cap, indiquent l'endroit où sont enterrés des matelots. — A droite, sur le deuxième plan, deux grandes huttes s'ouvrant du côté de la salle; un lambeau de toile à voile sert de portière. A gauche, deux autres huttes plus petites. — Un mât de pavillon sur l'une d'elles et la cloche de quart. — Le ciel est pur. — Le soleil va bientôt paraître à l'horizon. — La neige, tombée pendant la nuit, recouvre tout ce qui est en vue.

SCÈNE PREMIÈRE.

JOB LEROUX, 50 ans; vêtements en lambeaux, armé d'une carabine; une peau d'ours jetée sur l'épaule comme un manteau. Il suit sur la neige des traces d'animaux.

Voici des traces de lièvre, de renard... Allons, Job Leroux, mon vieux, souviens-toi que, de tous les trappeurs et chasseurs canadiens enrôlés au service de la compagnie de la baie d'Hudson, tu étais jadis le plus adroit et le plus chanceux. (Il arme sa carabine, son manteau tombe sans qu'il s'en aperçoive.) Beau temps, joli soleil, pas un souffle de vent; le gibier tiendra, et notre vieil amiral, sir John Franklin (que Dieu garde), ne mourra pas encore de faim aujourd'hui. (Il s'approche d'une des petites huttes de gauche et écoute.) Ma femme dort, tant mieux! elle m'aurait forcé à déjeuner, cette pauvre Catherine! elle s'est couchée hier soir sans souper, afin que je ne parte pas à jeun... Brave cœur!.. Sois calme, ma bonne femme! ce n'est pas moi qui me laisserais mourir de faim! Les narvals manquant d'air ont beau avoir percé la croûte de glace qui recouvre la baie, le trou est large et ses bords sont glissants... La fosse se creuse elle-même, comme pour vous inviter à descendre... mais aux sots et aux lâches d'y faire le dernier plongeon. (Il s'éloigne et disparaît derrière les premiers des terrains qui s'élèvent jusqu'au cap.)

SCÈNE II.

BLICK, SNAFF, puis CATHERINE.

(A ce moment, la portière d'une des huttes est soulevée et Blick paraît. Snaff paraît aussi à l'entrée de l'autre hutte. Blick et Snaff ne se voient pas.)

BLICK, de son côté.

Le dernier plongeon !.. a-t-il dit.

SNAFF, de son côté.

Encore un qui s'en va à la dérive. Bon voyage !.. Et maintenant commençons par hériter...

BLICK.

Voyons la dépouille !.. (Snaff et Blick quittent chacun leur hutte. Snaff saisit le premier une des extrémités de la peau d'ours. Blick s'empare d'un autre coin et ils se la disputent.)

SNAFF.

Ah ! je la tiens.

BLICK.

Oui ! mais tu vas la lâcher !

SNAFF.

Allons ! arrière, marsoin du diable !..

BLICK.

Ça m'appartient...

SNAFF, lui montrant le poing.

Ce coup de poing... c'est possible !

BLICK.

Le défunt m'en a fait cadeau : je suis de sa bordée...

SNAFF.

Il m'a fait son héritier.

BLICK.

Menteur !

SNAFF.

Voleur !

BLICK, mettant le couteau à la main.

Largue tout ou je pique...

SNAFF, aussi le couteau à la main.

Largue tout toi-même ou je t'éventre... (La querelle augmente. Catherine au bruit qu'ils font sort de la petite hutte voisine de celle de l'amiral et accourt près d'eux.)

CATHERINE, essayant de les séparer.

Vous ne trouvez donc pas qu'on meurt assez vite ici, que vous cherchez à vous entre-tuer ?..

SNAFF.

Laissez-nous, la mère !

BLICK.

Ça ne vous regarde pas, filez barre à tribord !

CATHERINE, avec autorité.

Couteau bas, vous dis-je ! (Pendant qu'elle s'interpose pour faire cesser la lutte, la peau d'ours tombe par terre et le duel des deux matelots menace de devenir sanglant.)

SNAFF.

Voleur !

BLICK.

Sauvage !

CATHERINE, ramassant la peau.

Vous n'avez ni l'un ni l'autre aucun droit sur cette fourrure.

BLICK.

Je suis l'héritier du défunt.

CATHERINE, alarmée.

Du défunt ?.. Mais cette pelisse appartient à mon mari !

SNAFF.

Elle lui appartenait, avant qu'il n'ait pris, comme tant d'autres, le chemin du trou aux narvals...

CATHERINE.

Le trou aux narvals ? Ah ! mon Dieu ! Job se serait-il jeté à l'eau ?

BLICK.

Dame ! Est-ce qu'on ne serait plus libre de manquer à cet appel de misère ?..

CATHERINE, au comble du désespoir.

Le malheureux ! mourir sans moi !.. (Retrouvant son énergie.) Est-il parti depuis longtemps ? (S'élançant vers la hutte de l'amiral, elle cherche dans la neige la cloche de quart, et sonne avec frénésie en criant au secours. Des hommes sortent des huttes. Pierre le Hardy, un Canadien comme Job, est le premier rendu près d'elle.) Et vous l'avez laissé mourir !.. brigands ! sans cœur et sans honneur ! on appelle ça des matelots !.. Au secours ! au secours !

SCÈNE III.

SNAFF, BLICK, CATHERINE, PIERRE LE HARDY, TURNER, JACK ELTON, MATELOTS en haillons, bâves, décharnés, se groupent autour de Catherine. Tous tremblent de froid.

PIERRE LE HARDY, à Catherine.

Pourquoi ce carillon ?

CATHERINE, bas à le-Hardy.

Job est parti pour aller se jeter à l'eau !..

PIERRE LE HARDY.

Pas possible ! Lui, le brave des braves ! et sans moi encore !.. Pas possible !..

CATHERINE, à haute voix.

Job vient de glisser sur le bord du trou aux narvals !.. à moi, les amis ! nous le sauverons, venez ! (Les matelots les plus ingambes, au nombre de sep ou huit, prennent dans les huttes des cordages, des gaffes, des esparres et s'élancent à la suite de Catherine et de Pierre le Hardy. Pendant ce temps le lieutenant Turner, un carnet à la main, inscrit des observations que lui communique le master Jack Elton.)

JACK ELTON, s'adressant à Snaff et à Blick et aux autres matelots présents.

Holà ! vous autres, qu'on apporte les infirmes au soleil et que les logements soient aérés et nettoyés !.. En double ! marche ! (Il fait tournoyer une grosse canne à pomme d'ivoire. Cette canne lui sert à la fois de sceptre et de soutien, car il est boiteux. On apporte successivement trois ou quatre malades, véritables cadavres qu'on expose au soleil. Les malades aspirent avec bonheur le grand air. Le lieutenant et le maître donnent encore divers ordres et veillent à leur exécution. Un matelot allume auprès de sa petite hutte quelques brins de mousse qui serviront à faire fondre la neige dans une petite marmite. L'orchestre cesse d'exécuter son accompagnement, lorsque Catherine, sanglotant et soutenue par Pierre le Hardy, reparaît et descend la pente du cap, suivie des matelots qui rapportent les cordages, les esparres et les gaffes.)

TURNER.

Est-il sauvé ?

CATHERINE ; elle pleure, elle sanglote, elle peut à peine parler.

Job ! mon bon Job !

PIERRE LE HARDY.

Pas de traces... et rien ne prouve que Job ait fait le plongeon.

CATHERINE.

Jamais il n'est parti à la chasse sans me dire adieu !

PIERRE LE HARDY.

Serait-il parti sans déjeuner ?..

CATHERINE.

Oui !..

PIERRE LE HARDY.

Tant mieux !.. Je comprends ! Malgré moi j'étais inquiet !..

CATHERINE.

Que voulez-vous dire ?..

PIERRE LE HARDY.

C'est tout simple !.. s'il n'était pas parti à jeun, il aurait mangé votre souper dont vous vous êtes privée hier à son intention. Le brave Job ! il n'a pas voulu réveiller la bourgeoise et il est parti. Comprenez-vous maintenant ?..

TURNER, à Jack Elton.

Maître !.. sonnez l'appel !.. (Un matelot va sonner la cloche ; Catherine s'accroupit sur la neige, auprès de la marmite qui commence à fumer.— Les matelots se placent en rang sur le second plan.— Le maître fait l'appel, le lieutenant prend des notes sur son carnet. — On entend à peine les noms. — Le lieutenant et le maître redescendent sur le devant de la scène.)

JACK ELTON.

Cette nuit, il n'y a qu'un de décédé : Tom, l'Irlandais.

TURNER marque sur son carnet.

Maître ! avant qu'on ne sonne à déjeuner, que tout soit en ordre, hommes et choses !.. C'est aujourd'hui le 26 mai 1853, l'amiral veut nous passer en revue à l'occasion du huitième an-

niversaire de notre départ d'Angleterre. La grande tenue sera de rigueur.

JACK ELTON.

Pardon, lieutenant ; vous oubliez qu'en fait de tenue nous n'en avons qu'une seule : ce sont ces haillons qui nous couvrent.

TURNER.

Je ne l'oublie pas... mais j'ai dit à l'amiral que nos chasseurs nous avaient apporté des peaux de rennes, de renards et d'ours, et que, pendant les loisirs forcés du dernier hiver, nos hommes s'étaient confectionné de nouveaux vêtements. La vue de sir John s'est beaucoup affaiblie.. Il faut à tout prix qu'il se méprenne sur l'étendue de notre misère.

JACK ELTON.

Suffit, lieutenant.

TURNER.

J'ajouterai que l'amiral, voulant prouver sa satisfaction de la bonne tenue des survivants de l'Érèbe et de la Terreur, leur accorde double ration au dîner de ce soir.

JACK ELTON.

Nous mangeons ce matin notre dernier morceau de narval pris avant-hier. Il n'y a plus rien dans le garde-manger.

TURNER.

On supposera que les Canadiens ont tué un ours ce matin, et, la revue terminée, l'amiral fera largesse d'un cruchon de genièvre de Hollande.

JACK ELTON.

Depuis Noël, le dernier baril de genièvre est à sec.

TURNER.

Qu'importe ! vous préviendrez les hommes qu'une jarre remplie d'eau pure doit jouer le rôle d'une jarre de genièvre, et je suis persuadé que, pour ne pas affliger sir John, ils boiront de bon cœur.

JACK ELTON.

Je m'en charge, lieutenant.

TURNER, tirant son épée.

L'amiral va sortir... En place !.. hisse le pavillon !..

SCÈNE IV.

LES MÊMES, puis L'AMIRAL. (Un matelot exécute cet ordre ; l'amiral sort de sa hutte appuyé sur l'épaule du nègre Phidias.—Les matelots n'ayant plus d'armes s'inclinent et se découvrent en témoignage de respect. — L'amiral s'assied devant sa hutte sur un bloc de glace couvert d'une fourrure. — Phidias lui enveloppe les pieds dans des lambeaux de couverture, des haillons. — Silence général. — D'après un ordre du lieutenant, les matelots défilent devant sir John.)

L'AMIRAL.

Enfants !.. On n'a pas le droit de se plaindre quand on a l'honneur de commander à des hommes comme vous. Notre patrie s'attend toujours à ce que chaque Anglais fasse son devoir. Ce devoir, vous le remplissez, et la patrie aura un jour raison de s'enorgueillir de votre courage et de votre persévérance. (D'une voix plus forte.) Matelots survivants des équipages, des corvettes de sa gracieuse Majesté l'Érèbe et la Terreur... votre conduite soutient dignement l'ancienne gloire de la marine britannique. Si Dieu nous permet de rentrer dans nos foyers, je vous promets que tous vous serez largement récompensés. Nous sommes absents depuis huit années, mais nous ne sommes pas oubliés. L'Angleterre n'abandonne jamais ses enfants. Les glaces qui nous retiennent captifs aux confins du monde commencent à subir l'influence des rayons du soleil d'été ; les banquises tressaillent, les courants et les vents provoquent la débâcle... la mer sera libre, et bientôt nous verrons poindre à l'horizon la mâture d'un navire libérateur !.. Allez, mes enfants, et ayez bon espoir ! chassez loin de vous les horribles pensées et souvenez-vous de ces paroles, notre devise depuis que l'Érèbe et la Terreur ont sombré : « Gloire à ceux qui luttent ! honte à ceux qui désertent ! » Allez !

TOUS.

Vive l'amiral ! (Phidias le soutient, l'entoure de couvertures en lambeaux. — Catherine se prépare à retourner à ses occupations ; le lieutenant lui parle et lui donne des ordres. Elle revient bientôt, portant une jarre de terre et suivie d'un matelot qui porte un cruchon.)

L'AMIRAL, à part.

Les malheureux !

JACK ELTON, aux matelots.

Harry !.. tu n'as donc pas eu le temps d'endosser ta nouvelle fourrure... et toi, James, tu pouvais bien te changer un peu...

TURNER.

James, cette négligence est impardonnable en un pareil jour.

L'AMIRAL, à Turner.

Votre main, mon ami...

TURNER.

Amiral...

L'AMIRAL.

Merci... lieutenant... Je vous ai compris, n'en doutez pas, Turner.

TURNER.

Et quoi?

L'AMIRAL.

Vous avez raison, ne leur ôtons pas cette consolation... vous croyez comme eux que je suis aveugle... que je ne vois pas l'affreuse livrée de misère qui recouvre à peine leurs membres décharnés.

TURNER.

Amiral... serait-il vrai ?...

L'AMIRAL.

Je veux que vous sachiez que mon cœur a compris le vôtre. (Il serre la main du lieutenant, qui s'éloigne un peu.) Ne cessera-t-elle jamais cette captivité de tant d'années ?.. L'Angleterre n'est cependant pas une marâtre, elle n'abandonne pas ainsi ses enfants ! Jadis elle s'est émue à la longue absence du capitaine Ross; serions-nous donc moins méritants que les braves de cette époque ?.. Oh! non ! je blasphème! Chaque été, j'en ai la conviction, quelque navire essaye de pénétrer à travers les banquises et d'arriver jusqu'à nous ! Et ma noble femme, la compagne dévouée qui m'avait déjà une fois sur ses terres nouvelles de la Tasmanie, où l'Angleterre transplante sa puissance, je la vois, la chère âme, dans mes rêves... avec quelle angoisse elle nous attend !..

TURNER, prenant une jarre.

Amiral, vos ordres s'exécutent!.. Veuillez permettre à l'équipage de boire à votre santé.

L'AMIRAL.

Faites! faites!.. J'aime à vous voir tous réunis autour de moi!.. Le midshipman et deux matelots sont partis depuis deux jours et je trouve qu'ils sont en retard.

TURNER.

Leur charge de gibier les empêche peut-être de marcher rapidement.

L'AMIRAL, à part.

Plût à Dieu !

TURNER, vidant un verre rempli d'eau.

A la santé de l'amiral sir John Franklin! que Dieu lui accorde longue vie, joie et bonheur!

TOUS.

Hourra! hourra! hourra! A la santé de l'amiral!

PHIDIAS, buvant.

Que c'est bon! Dieu de Dieu! que c'est bon!

L'AMIRAL, avec sourire.

Doucement, mon pauvre Phidias !

PHIDIAS grimace; à part.

Pardon, mon amiral!.. Oh! je ne perdrai pas la tête!

PIERRE LE HARDY, s'avançant vers l'amiral et saluant.

Amiral sir John! puisque c'est aujourd'hui un jour de fête, plairait-il à votre grâce de me laisser chanter une de nos chansons françaises du Canada, telles que la chanson du Renard, de l'Ours gris, du Castor, ou toute autre à l'avenant? . si votre honneur s'en souvient, vous aimiez beaucoup ces airs, il y a vingt-cinq ans, au fort de l'Entreprise, du temps d'Hepburn.

L'AMIRAL.

Volontiers, mon brave Pierre.

COUPLETS ET CHŒUR.

PIERRE LE HARDY.

I.

Allons! puisqu'en nos estomacs
 Pour le moment rien n'entré,
Ayons, amis, c'est le bon cas
 Un peu de cœur au ventre!
Le sort a, ce grand médecin,
  Dessein
 Que nous fassions tous diète!
Nous en serons après bien mieux dans notre assiette!
 Il faut, compagnons, très-gaîment jeûner...
 Sans la faim, comment saurait-on dîner?..

REPRISE EN CHŒUR.

Il faut, compagnons, très-gaîment jeûner, etc.

(Pierre le Hardy accompagne le cœur en frappant sur la cloche de quart, avec la baguette de sa carabine. — Les hommes répondent en chœur en manifestant l'envie de danser.)

JACK ELTON, les voyant se préparer à danser, entre comme en fureur et se démène sur le devant du théâtre.

Oh! les hérétiques!... Est-ce qu'ils voudraient danser, par hasard?. . Que ne suis-je amiral !... Le chat à neuf queues fouetterait jusqu'au sang ces misérables qui cherchent la consolation ailleurs que dans la prière!...

PIERRE LE HARDY.

II.

Auprès des forts que les tremblants,
 S'il s'en trouve, se rangent.
Eh! morbleu! mangeons les ours blancs,
 Plutôt qu'il ne nous mangent.
Qu'il ne soit pas dit qu'un trappeur
  Ait peur
 De perdre une ou deux livres :
La forte volonté peut remplacer les vivres!
 Il faut, compagnons, très-gaîment jeûner, etc.

REPRISE EN CHŒUR.

Il faut, compagnons, etc.

JACK ELTON.

Anathème sur ceux qui, au lieu de s'humilier, provoquent la colère divine !...

PIERRE LE HARDY, après le deuxième couplet, s'approche de Jack Elton, et le saisit au collet.

Holà! maître Jack Elton, puritain de contrebande! Tu crois qu'on ne plaît à Dieu qu'en faisant la grimace au monde! La joie, la chanson et la danse sont à l'ordre du jour; et tu y trouves à redire?... Sir John nous a donné la permission de nous amuser; est-ce qu'il nous faudrait encore la tienne?

JACK ELTON.

Riez, chantez, dansez, maudits que vous êtes! La colère du Très-Haut n'éclatera que plus terrible!

PIERRE LE HARDY.

Goéland de mauvais augure! va! tu n'es qu'un trouble-fête... à moi, vous autres!... (Ils forment une ronde au milieu de laquelle Jack se démène. — A Phidias.) Manœuvre l'orchestre, Phidias!... (Il lui jette sa baguette de carabine.)

TROISIÈME COUPLET.

Déjà je vois loin des glaçons
 Un rayon d'espoir luire!
Je sens viandes et poissons
 Pour nous quelque part cuire!
Faisons donc tous notre appétit
  Petit
 Et grand notre courage...
Et de nous voir joyeux que la famine enrage!
 Il faut, compagnons, très-gaîment jeûner:
 Sans le faire, comment pouvoir dîner?

REPRISE EN CHŒUR.

Il faut, compagnons, etc.

(Tous dansent en rond et Phidias frappe sur la cloche. — L'amiral reparaît sur l'avant de la scène; Catherine lui apporte une tasse de fer-blanc remplie d'un liquide fumant; il boit lentement. — Le maître Jack Elton se démène de plus en plus; le chœur va être recommencé pour la quatrième fois, quand l'amiral réclame le silence par un signe.)

TURNER.

Silence!

JACK ELTON lève les yeux au ciel et commande aussi.

Silence!

L'AMIRAL.

Je sens qu'il me manque quelqu'un au milieu de vous : je n'entends pas la voix de mon brave Job Leroux.

PIERRE LE HARDY, intervenant avec rapidité, et jetant un regard inquiet sur Catherine.

Job est parti ce matin en tapinois pour vous faire à son retour la surprise d'un plat de gibier. Il s'est souvenu que c'était aujourd'hui l'anniversaire de votre départ d'Angleterre, et que vous aviez l'habitude de fêter ce jour. (Catherine adresse au ciel une prière mentale. — A part.) C'est égal! Job reste trop longtemps dehors...

L'AMIRAL.

Il reviendra alors avec les autres... Ayons de la patience. (A part.) De la patience! Ah ! oui, ils en ont, et beaucoup! oui, je sais tout! Plus de provisions! plus rien! que mangeront-ils ce soir ?... demain? Les tortures de la faim peuvent éclater d'un moment à l'autre!...

TURNER.

Amiral, le soleil est beau, mais la tourmente peut se déclarer avant la fin de la journée : permettez-vous que les plus robustes d'entre nous fassent une battue aux environs?... nous décou-

...vrirons, je l'espère, quelques pièces de gibier, et nous irons en même temps au-devant de nos camarades.

L'AMIRAL.

Faites, lieutenant.

TURNER; il donne des ordres au master.

Holà! cinq ou six hommes de bonne volonté!

TOUS.

Voilà! voilà!

JACK ELTON.

Et moi, je vais entreprendre une partie de pêche. Frank! Peter! Harry! préparez vos lignes. (Mouvement, tumulte; les matelots se préparent à partir.)

L'AMIRAL, à lui seul.

Cependant, il me semble que le temps menace. Le soleil pâlit, le brouillard monte à l'horizon. Dix jours d'un beau soleil et nous serions libres! Le ciel ne s'éclaircit jamais sans que je ne fatigue mes yeux pour deviner au loin la flamme d'un navire; et pendant les nuits d'hiver, je prête l'oreille aux échos de ces solitudes, espérant entendre résonner les clochettes des chiens attelés aux traîneaux lancés à notre recherche! Mais rien! jamais rien! toujours rêves!

PHIDIAS, bondissant soudain.

Oh! amiral!... c'est pourtant vrai!...

L'AMIRAL.

Qu'y a-t-il?

PHIDIAS.

Amiral, je viens d'entendre là-bas, là-bas, derrière le cap des Trépassés, un bruit... Ecoutez!... (Phidias se couche, l'oreille collée à terre; il écoute.)

L'AMIRAL.

Je n'entends rien!... lieutenant, commandez le silence.

TURNER.

Silence!

JACK ELTON.

Silence! (Le silence règne.)

PHIDIAS, se relevant.

Rien!

L'AMIRAL.

Quel était ce bruit?

PHIDIAS.

Oh! je me serai trompé, pardon! Le genièvre m'a poussé le sang à la tête, et mes oreilles bourdonnent.

L'AMIRAL.

Dis encore : quel genre de bruit croyais-tu entendre?

PHIDIAS.

J'ai cru entendre siffler un merle. (Tout le monde rit.)

TURNER.

Silence!

JACK ELTON.

Silence!

PHIDIAS.

C'est-à-dire qu'il m'a semblé que j'étais dans votre parc de White-House, amiral, et que j'entendais un merle siffler dans les buissons.. Décidément, c'est le genièvre qui me fait tinter ainsi les oreilles.

PIERRE LE HARDY, qui n'avait pas d'abord fait attention aux paroles de Phidias.

Eh! pardieu! c'est le sifflet de l'ami Job Leroux, que tu as entendu. Le compère Job ne marche jamais seul sans siffler une gigue. Ça chasse le malin, n'est-ce pas, Catherine?...

CATHERINE, qui est allée, elle aussi, coller son oreille par terre à quelque distance, revient et dit avec tristesse.

Non, non, Phidias n'a rien entendu.

PHIDIAS.

Ça m'étonne pourtant... car j'ai l'oreille fine. (Silence général. Il écoute.) Ah! Dieu de Dieu! J'en suis certain maintenant, la brise commence à souffler de l'autre côté du cap, et elle m'apporte le chant du merle. (Tout le monde écoute attentivement. — Catherine est couchée par terre. — Les malades se soulèvent. — Tableau d'anxiété, d'espérance. — Deux coups de feu retentissent coup sur coup derrière le cap. — Soubresaut général. — Catherine s'élance de ce côté. — Des hommes la suivent; jusqu'aux plus malades qui se sentent galvanisés. — Phidias cabriole.)

PIERRE LE HARDY.

C'est lui! c'est lui! Je reconnais le son de sa carabine... Eh! voyez, voyez, c'est bien lui'... (Job Leroux paraît au sommet du cap, il montre à ses compagnons un objet noir qu'il tient à bras tendus. — Il descend rapidement la côte et se jette dans les bras de sa femme. — Le soleil se voile, la tourmente de neige commence.)

TOUS.

Hourra! hourra pour Job! (Il s'avance sur la scène escorté des matelots; Catherine est à sa droite, Pierre le Hardy à sa gauche. — Les matelots le suivent en tumulte.)

SNAFF.

Il y aura du rôti.

BLICK.

Je te joue ta part.

TURNER.

Silence!

JACK ELTON, exécutant son moulinet.

Silence!

JOB LEROUX, saluant l'amiral.

Amiral...

L'AMIRAL.

Te voilà, mon vieux camarade!...

JOB LEROUX.

Amiral, daignez accepter ce coquin de renard que je poursuis depuis ce matin, et qui m'a coûté double charge de poudre.

L'AMIRAL.

Merci.

JOB LEROUX.

Depuis que je chasse (et ce n'est pas d'hier), je n'ai jamais rencontré bête aussi maligne, aussi rusée.

L'AMIRAL, en souriant.

Vraiment?

JOB LEROUX.

Figurez-vous, mon amiral.. et je n'oserais vous le dire si je ne tenais entre le mains les preuves de ce que j'avance... figurez-vous que ce renard a eu des accointances avec les habitants du pays civilisé... Il a peut-être quitté l'Angleterre tout récemment. (Étonnement général.)

L'AMIRAL.

Que veux-tu dire?

JOB LEROUX.

C'est un faux renard, c'est presque un chien de gentleman... Voyez : il porte un collier, un collier de cuivre. (Il écarte les poils du cou de l'animal et montre un collier large de deux doigts.)

TOUS.

Ah! ah! un collier!

JOB LEROUX.

Et sur ce collier il y a des marques, des zigs-zags, des points, je ne sais quoi, moi. le nom de son ancien propriétaire, sans doute. Ça doit être de l'écriture. Mais je ne sais pas lire... Mon père a oublié de m'envoyer à l'école... Voyez, amiral...

L'AMIRAL, examinant le collier.

Une phrase, des mots gravés sur le cuivre.. Lieutenant, vous avez des yeux plus jeunes... Lisez, lisez... (Turner parle à voix basse et se penche vers l'amiral.) Non! parlez haut.

TURNER, lisant.

« Expédition envoyée à la recherche de sir John Franklin. Navire Prince-Albert : armateur lady Franklin, capitaine Kennedy; adjoint : lieutenant Bellot. — Canal de Wellington, par soixante-quatorze degrés latitude nord et quatre-vingt-quinze degrés longitude ouest... A bord, le... 185... » (Explosion de joie.)

L'AMIRAL.

Ah! j'en étais sûr!... ma femme! Mon brave Kennedy! Oh! ma digne femme!

TOUS, avec enthousiasme.

Vive lady Franklin!

L'AMIRAL.

Ils ont capturé cet animal dans une trappe et lui ont donné la liberté. La Providence l'a conduit devant la carabine de Job... Libres, mes enfants! nous serons bientôt libres!... (Explosion d'enthousiasme.)

PIERRE LE HARDY, à Job.

Un joli coup, camarade. (A Catherine.) Je vous le disais bien, la mère, qu'il reviendrait...

TURNER.

Et maintenant, mes amis, que nos libérateurs sont à quelques milles peut-être, cachés par une montagne de glace, redoublons de courage et ne nous laissons pas mourir de faim. En chasse! En chasse!

L'AMIRAL, à lui seul.

Je pourrai donc revenir mourir au milieu des miens. Mais quel est ce Bellot?... Un Français, sans doute! un de ces jeunes cœurs qui compatissent à toutes les souffrances, aspirent à toutes les gloires, et courent au-devant de tous les dangers... Sois béni de Dieu et honoré de tous, brave jeune homme! Et Kennedy, mon vieux compagnon, plus âgé que moi encore! et il vient me tendre une main secourable jusque dans les glaces!.. Oh! pardonne-moi, mon Dieu! d'avoir douté de ta bonté toute-puissante!

PHIDIAS, regardant au loin au fond de la baie.

Oh! amiral!... oh! amiral!...

L'AMIRAL.

Que veux-tu?

PHIDIAS.

J'ai l'oreille fine; eh bien, l'œil vaut l'oreille.

L'AMIRAL.

Comment?

PHIDIAS.

Regardez là-bas... là-bas... à l'autre bout de la baie... (Les matelots, en entendant parler Phidias, s'arrêtent et regardent dans la direction indiquée.) Je vois une grosse boule de neige qui roule sur la glace de la baie, et deux autres petites boules encore de neige qui la suivent. Elles s'avancent du côté du cap...

PLUSIEURS MATELOTS.

Une femelle d'ours !

PHIDIAS.

Et ses oursons ! .

JOB LEROUX ET PIERRE LE HARDY.

A nous cette respectable famille !... (Ils arment leurs carabines.)

TURNER, partageant les hommes en deux bandes.

En avant ! Nous par la baie, vous autres par le cap ! (Les hommes partent avec des bâtons et des fusils.)

TOUS.

Hourra ! les camarades ! (On entend une fusillade.)

L'AMIRAL.

Ah ! du moins, nous sommes certains de ne pas mourir de faim pendant quelques jours encore ! (L'amiral, soutenu par Phidias, rentre dans sa hutte.)

ACTE DEUXIÈME.

A gauche, un cottage anglais situé au milieu d'un splendide parc.—Au fond, le commencement de la ville d'Aberdeen. — Une grille fermant le parc, et derrière la grille un paysage de montagnes. — A droite, un côté de la rade avec plusieurs vaisseaux à l'ancre.

—

SCÈNE PREMIÈRE.

LADY CECILIA, MISTRESS MORTON, assise à une table devant la verandah du cottage ; MISS EVA, debout, une ombrelle et un chapeau de paille à la main ; lady Cecilia ferme un livre et le pose sur la table. Mistress Morton continue son tricot.

MISTRESS MORTON, à lady Cecilia, qui sort du cottage.

Comment va lady Franklin ?

LADY CECILIA.

Beaucoup mieux, quoiqu'elle soit encore fatiguée de son voyage. Le médecin lui recommande un repos absolu. Pauvre femme ! toute espèce d'émotion bonne ou mauvaise lui cause un mal affreux !

MISS EVA.

Oh ! nous la soignerons de tout notre cœur !

LADY CECILIA.

Rassurez-vous, son état n'est pas grave; mais je tiens à ce qu'elle n'assiste pas au départ du *Phénix* ; le spectacle de ce navire qui s'en va au pôle à la recherche de son mari lui serait funeste.

MISTRESS MORTON.

Il faut le lui épargner à tout prix.

LADY CECILIA.

Elle m'a promis d'être calme et m'a chargée de la remplacer.

MISS EVA.

Milady, vous êtes doublement sa sœur, par la naissance et par le dévouement. (Lady Cecilia et mistress Morton s'asseyent.)

LADY CECILIA, à part.

Le 26 mai !.. il y a huit ans aujourd'hui que *l'Érèbe* et *la Terreur* ont quitté l'Angleterre !.. (A mistress Morton.) Croyez-vous, mistress Morton, que des hommes, des Européens, puissent vivre pendant plusieurs hivers au milieu des glaces polaires ?..

MISTRESS MORTON.

Dieu seul arrête la vie de l'homme, au milieu des glaces aussi bien que dans nos climats tempérés.

MISS EVA.

Milady, les Esquimaux y vivent bien, et ils sont moins robustes et moins industrieux que nous autres : voyez Naneck, ce pauvre Groënlandais que le capitaine Kennedy et le lieutenant Bellot ont ramené lors de leur première expédition.

LADY CECILIA.

Que le ciel vous entende, chère enfant !

MISTRESS MORTON.

Vous, du moins, milady, vous avez le droit d'espérer, tandis que nous deux... Ah ! mon malheureux frère !..

MISS EVA.

Pauvre père !..

LADY CECILIA.

Ce brave commodore Morton !.. L'amirauté a perdu en lui

un des plus illustres marins, et nous un ami aussi dévoué qu'intrépide ! Si Dieu daigne encore lui conserver la vie, je suis sûre que mon beau-frère, au milieu de ses glaces, pense souvent qu'il devra sa délivrance au dévouement et au courage de son ami Morton.

MISS EVA.

Cela prouverait que sir John connaissait bien mon pauvre père.

MISTRESS MORTON.

En effet, vous ai-je dit, milady, que, dans ses dernières lettres datées de Whampoe, mon frère m'annonçait que, dès son retour en Angleterre, il solliciterait le commandement d'une expédition à la recherche de *l'Érèbe* et de *la Terreur ?*

LADY CECILIA.

Et ma sœur l'aurait elle-même demandé pour lui, quoiqu'à vrai dire elle n'a que l'embarras du choix. Tous les amis de son mari viennent l'un après l'autre lui offrir leurs services. Nobles cœurs !..

MISS EVA.

Quelle consolation pour vous et pour lady Franklin, de pouvoir leur exprimer votre reconnaissance ! Mon père a aussi rencontré un homme qui s'est dévoué pour lui... mais cet homme, je ne l'ai jamais vu, j'ignore même son nom...

MISTRESS MORTON.

L'infortuné ! il aura péri dans un naufrage.

MISS EVA.

Oh ! ma tante, je ne puis le croire. Il me semble souvent que je le vois entrer, qu'il s'approche et me dit : « Je suis celui que vous attendez. Je me suis jeté à la mer et j'ai sauvé le commodore Morton, alors que les matelots, terrifiés par les fureurs de l'ouragan, et abordant à terre dans la seule chaloupe du navire, abandonnaient à la merci des vagues leur brave capitaine, resté le dernier sur la frégate qui s'engouffrait. Plus tard, sous les palétuviers de la côte enfiévrée de Java, nous avons lutté ensemble contre la misère et la maladie, et il a succombé en me bénissant. »

MISTRESS MORTON, continuant le récit de sa nièce.

« Et en me nommant son fils... » (Mouvement de miss Eva.)

LADY CECILIA, à miss Eva.

Et que lui répondrez-vous ?

MISTRESS MORTON.

Avant tout elle lui demandera des preuves.

LADY CECILIA, à miss Eva.

Et s'il vous les fournit ?..

MISS EVA.

Je l'appellerai mon frère, et, s'il est pauvre, je lui offrirai la moitié de ma fortune.

MISTRESS MORTON.

D'après le testament de votre père, qui nous a été transmis par l'agent anglais, l'inconnu serait en droit de demander davantage... Vous me comprenez, ma nièce?

MISS EVA, à part.

Mon Dieu ! faites alors qu'il revienne quand je ne pourrai lui donner que ma fortune.

LADY CECILIA.

S'il revenait, ma chère enfant, je voudrais bien, pour votre bonheur, qu'il ressemblât à ce jeune officier français, que j'aime comme mon propre fils...

MISS EVA, vivement.

Le lieutenant Bellot ?..

LADY CECILIA, continuant.

Oui, le brave jeune homme qui repart demain sur *le Phénix.*

SCÈNE II.

LES MÊMES, BELLOT, au fond, derrière la grille ; il donne des ordres à un matelot.

BELLOT.

Vous direz à Naneck de me rejoindre à l'instant... il ne peut être qu'à la taverne.

MISS EVA.

Milady, le voici !..

BELLOT s'avance et salue.

Milady... Mesdames...

LADY CECILIA.

Je vous attendais, lieutenant. Ma sœur vient de vous envoyer à bord les dernières dépêches de l'amirauté ; en avez-vous pris connaissance ?..

BELLOT.

Je les ai parcourues, et plus que jamais, milady, je suis convaincu que nos futures recherches doivent être dirigées vers les parties nord de la baie Wellington. Sir John, autant que possible, aura campé chaque année non loin de Melville, la seule terre, sous ces latitudes, que fréquentent les ours et les renards.

LADY CECILIA.

Cela doit être. Votre conviction, lieutenant, vient à l'appui de nos pressentiments. Depuis le jour où ma sœur a appris que vous alliez faire partie de la nouvelle expédition, son espoir dans le succès de l'entreprise a doublé.

BELLOT.

Oh! milady!

LADY CECILIA.

Rassurez-vous! je ne suis pas chargé de vous parler de sa reconnaissance, j'aurais trop à dire.

BELLOT.

La reconnaissance, milady? Moi seul ici ai le droit d'en parler!... La grandeur du but, la gloire, et peut-être aussi les dangers des mers polaires, donnent à cette expédition préparée par vos soins un caractère, un attrait tout exceptionnels. A la première nouvelle que la France a reçue des projets de lady Franklin, il n'y a pas un seul marin qui n'eût été heureux de lui offrir ses services. Le ministère de notre marine a été encombré de demandes, de sollicitations. Il n'y avait, hélas! qu'un seul officier à désigner, et le choix du ministre, au lieu de s'arrêter sur le plus méritant, est peut-être tombé sur le plus heureux!... Il est vrai que l'opinion personnelle et flatteuse de lady Franklin sur mon compte y a contribué pour beaucoup; mais j'étais le seul qu'elle connaissait de la marine française, et il ne m'est pas permis d'oublier cette principale raison, à laquelle je dois sa faveur.

MISS EVA.

Lady Franklin aurait connu toute la marine de France et d'Angleterre qu'elle n'aurait pas mieux choisi.

LADY CECILIA, à Bellot.

Eva dit vrai, et ma sœur... Je regrette même beaucoup que votre modestie vous ait empêché de prendre le commandement du *Phénix*.

BELLOT.

Notre capitaine actuel ne montrera pas plus de dévouement et de zèle que moi, milady, mais il est mon maître en habileté et en expérience...

MISS EVA, vivement.

C'est donc un homme bien illustre!...

BELLOT, à miss Eva.

Miss Eva!...

MISTRESS MORTON, à Bellot.

Vous allez retrouver à bord quelques-uns de vos anciens compagnons...

LADY CECILIA.

Ah! oui, Yarley, votre pilote des glaces. Est-ce un homme entendu?

BELLOT.

Sans contredit, milady : peu aimé de l'équipage et à tort...

MISS EVA.

En êtes-vous bien sûr?... Il n'a pas l'air sympathique.

BELLOT.

C'est un homme d'un caractère un peu sombre, taciturne, mais d'un courage à tout braver.

SCÈNE III.

LES MÊMES ; DICK MAC-GREGOR sort de la maison.

DICK, à lady Cecilia.

Milady, l'alderman Duncan vous présente ses hommages et vient lui-même vous prier de désigner l'heure à laquelle il plaira à lady Franklin de recevoir la municipalité d'Aberdeen.

LADY CECILIA.

Vous savez que ma sœur est souffrante. (A mistress Morton.) Et que nous demande la municipalité?...

MISTRESS MORTON.

Elle veut honorer dans la personne de lady Franklin la femme courageuse, l'héroïque épouse.

LADY CECILIA.

Ma sœur croit remplir le plus simple de ses devoirs, et certes elle n'y verra aucune raison d'ovation.

MISTRESS MORTON.

Elle tient, de plus, à s'associer aux adieux que nous comptons faire aujourd'hui aux marins du *Phénix*.

LADY CECILIA.

En ce cas, qu'elle soit la bienvenue. Elle ne saurait trop honorer le courage et le dévouement de nos braves marins.

MISTRESS MORTON.

Milady, nos magistrats d'Aberdeen seront heureux de trouver en vous un interprète de leurs sentiments auprès de votre noble sœur. Venez, mon ami l'alderman Duncan vous donnera ses conseils pour recevoir dignement ses collègues. (Les dames sortent et Dick les suit.)

DICK, en sortant, à miss Eva.

Je ne suis pas content de vous... miss Eva, vous avez encore les yeux rouges. (Il sort.)

SCÈNE IV.

BELLOT, MISS EVA.

MISS EVA feuillette le livre qu'a laissé lady Cecilia.

Et vous espérez, lieutenant, que demain matin vous aurez bon vent pour appareiller?...

BELLOT.

Je l'espère, mais, en tous cas, je me consolerai facilement de quelques heures de retard...

MISS EVA.

Attendez-vous encore des nouvelles de France?...

BELLOT.

Je n'attends plus rien.

MISS EVA.

Oh! la triste chose qu'un départ!

BELLOT.

Oui, cela dépend des liens qui existent entre ceux qui s'en vont et ceux qui restent. Mais vous, miss Eva, qui voyez tous les jours des navires s'élancer en pleine mer, et qui comptez tant d'amis dans la marine anglaise, vous devez être habituée à ces sortes d'émotions...

MISS EVA, avec chaleur.

Y pensez-vous?.. m'habituer! à quoi?... Voit-on souvent une vie d'angoisses et de sacrifices comme celle de lady Franklin? s'embarque-t-on tous les jours pour des contrées où règnent en souverains la désolation, le danger et la mort?... Mes regrets et mes vœux, certes, vous sont moins précieux que ceux qui vous ont accompagné à votre départ de France, mais ils n'en sont pas pour cela moins sincères...

BELLOT.

A mon départ de France, ma mère m'a béni et m'a longtemps serré dans ses bras; ma sœur a beaucoup pleuré... Saintes affections, et les seules que j'ai laissées dans mon pays!..

MISS EVA.

En vérité?...

BELLOT.

Oui, miss Eva! je n'avais jusqu'ici aimé que la patrie, la gloire et la famille, et je croyais que je n'aimerais qu'elles seules. Je me trompais...

MISS EVA.

Elles suffisent à un noble cœur.

BELLOT.

Elles ne me suffisent plus!

MISS EVA.

Il est pourtant impossible de les remplacer.

BELLOT.

Oui, sans doute! mais sans les remplacer, un autre amour peut naître et grandir auprès d'elles, un amour qui, loin d'absorber ce triple culte, le développe, passionne le dévouement, double l'énergie et comble l'âme du plus grand bienfait que Dieu ait accordé à l'homme : l'espérance du bonheur, la foi à l'avenir!

MISS EVA.

Je comprends alors votre tristesse, surtout si à d'aussi nobles sentiments vous avez trouvé une digne réponse...

BELLOT.

J'en parle pour la première fois dans ma vie.

MISS EVA.

On devine quelquefois ce qu'on n'entend pas.

BELLOT.

Non, miss Eva, je ne voudrais même pas qu'on le devinât.

MISS EVA.

Pourquoi cela?...

BELLOT.

Et de quel droit, moi, pauvre, inconnu, n'ayant pour toute fortune que mon épée, viendrais-je proposer à une noble, riche et jeune fille de l'associer à mon obscure et aventureuse destinée? Que déposerais-je à ses pieds qui fût digne d'elle?... Non! cela serait de l'égoïsme, de la lâcheté!... Mais que le ciel me permette de conquérir la gloire, ce trésor qui est à la portée de tout cœur enthousiaste pour les grandes causes et avide de grands dangers, et j'aurai peut-être alors ce courage qui me paraît le plus difficile de tous, le courage de me croire né, moi, chétif, pour ce grand bonheur!

MISS EVA.

Lieutenant! vous ne comprenez pas le rôle de la femme. L'exemple de lady Cecilia ne vous apprend donc rien?... et vous ne savez pas tout encore ! Cette digne femme, malgré son âge et ses infirmités, a déjà voulu elle-même faire partie d'une des précédentes expéditions. Nos prières, nos larmes, les puissantes raisons données par ses amis, ont réussi à la retenir; mais de sa part, cela ne m'étonne pas, et qui sait si à sa place... (Elle s'arrête.)

BELLOT.

Vous n'hésiteriez pas ?... Oh ! miss Eva, je ne crains plus, dans la périlleuse expédition que nous entreprenons, de voir faiblir mon courage ; vos bonnes paroles, si toutefois je ne me trompe pas sur leur portée, décident de mon avenir... Je n'ai plus rien à craindre et tout à espérer ! Oh ! laissez-moi croire que je vous ai devinée, que je vous ai comprise !

SCÈNE V.

LES MÊMES, YARLEY, qui s'est arrêté au fond et a entendu les dernières paroles de Bellot.

MISS EVA, apercevant Yarley.

Ah!... M. Yarley!...

BELLOT.

Tiens! c'est vous, mon ami... Tout le monde se réunit donc pour la dernière fois à terre...

YARLEY.

Oui, je viens aussi apporter mes adieux à cette maison qui fut si hospitalière pour les marins du *Phénix*.

MISS EVA.

Et je pourrai vous répéter, Monsieur, ce que j'ai dit tantôt au lieutenant Bellot : s'il ne fallait que des vœux, que des prières pour faire réussir votre expédition, son succès serait infaillible. Tout le monde dans cette maison fera pour vous des vœux ardents (En regardant Bellot.) et des prières parties du fond du cœur. (Elle salue et rentre dans le cottage.)

SCÈNE VI.

YARLEY, BELLOT.

YARLEY, en regardant s'éloigner miss Eva, et à part.

Ah! je cours là une vilaine bordée !.. allons!.. suis-je pilote pour rien?.. (Haut.) Charmante jeune fille !.. certes, dans toute la Grande-Bretagne, on ne trouverait pas une troisième personne qui portât à notre expédition autant d'intérêt qu'elle et lady Franklin.

BELLOT, vivement.

Vous croyez ?..

YARLEY.

Parbleu !.. elle est toute joyeuse de nous voir partir.

BELLOT.

Joyeuse?.. ah !..

YARLEY.

Cela vous étonne ?.. vous !.. un ami de la maison, qui y avez passé plus d'un mois avant notre première expédition, et qui cette fois-ci, durant tout votre séjour à Aberdeen, n'êtes presque pas sorti de chez mistress Morton ! En vérité, c'est moi qui devrais être étonné !

BELLOT.

Je ne comprends rien, Yarley, expliquez-vous...

YARLEY.

C'est que sans doute on a tenu à ne vous faire rien comprendre... auquel cas moi-même je serais indiscret...

BELLOT.

Voyons !.. que savez-vous ?.. Précisez...

YARLEY.

Je ne sais rien de précis...

BELLOT.

Vous avez des doutes?.. Yarley, mon ami, dites-moi le fond de votre pensée...

YARLEY.

Comme vous y mettez de la chaleur !

BELLOT.

De grâce !.. ne me cachez rien !.. si vous saviez... (Changeant subitement de ton.) jusqu'à quel point ma curiosité est excitée... (Riant aux éclats.) C'est bizarre !.. voyons, racontez-moi cela.

YARLEY.

Quoi ?.. Je ne sais rien de particulier.

BELLOT, sur un ton léger.

Depuis que je vous connais, c'est la première fois que je vous vois en train de plaisanter. Et que savez-vous de non-particulier ?..

YARLEY.

Des choses fort simples, qui se disent à Aberdeen. Mais vous ignorez ce qui se passe en ville, vous ne sortez jamais d'ici que pour aller à bord.

BELLOT.

Et que se dit-il à Aberdeen ?..

YARLEY.

Il se dit tant de choses...

BELLOT.

Sur le compte de la jeune personne ?..

YARLEY.

On en dit le plus grand bien.

BELLOT.

Comment cela ?..

YARLEY.

D'abord, on prétend qu'elle est très-riche.

BELLOT.

Passons... ensuite...

YARLEY.

Puis, on assure qu'elle a de grandes qualités de cœur et d'esprit...

BELLOT.

C'est certain, mais cela n'est pas tout...

YARLEY.

On lui prête aussi des sentiments romanesques... Ah ! ah ! si c'est exact, c'est une véritable héroïne de roman... A propos, lieutenant, connaissez-vous l'âge de miss Eva Morton?..

BELLOT.

Non ; il me semble que cela n'est pas difficile à deviner...

YARLEY.

Elle a vingt-quatre ans.

BELLOT.

Elle ne les paraît pas...

YARLEY.

Une autre à sa place, avec sa beauté, sa fortune, serait depuis longtemps mariée. Mais miss Eva n'a jamais voulu entendre parler de mariage.

BELLOT.

Elle a fait vœu de rester demoiselle ?..

YARLEY.

Il est possible qu'un jour elle change d'idée, lorsqu'elle aura appris que sir John et tous les officiers de son état-major ont péri sans rémission.

BELLOT, avec une violence contenue.

Tous les officiers de l'état-major?..

YARLEY.

Pas tous, il y en a quelques-uns qui pourront revenir sans rien changer pour cela à ses dispositions.

BELLOT.

Elle aime quelqu'un de l'entourage de sir John?..

YARLEY.

Pourquoi pas?.. elle est si gracieuse pour tous ceux qui vont à la recherche de *l'Érèbe* et de *la Terreur*.

BELLOT.

Sur mon âme, Yarley, vous m'en donnerez des preuves!

YARLEY.

Ah çà, lieutenant, seriez-vous de la famille?.. D'ailleurs, si ces preuves existent et si elles devaient faire le bonheur de quelqu'un, il est probable que, lors de la première campagne, miss Eva ait déjà chargé un ami du bord de ses confidences et de ses commissions. On pourrait alors savoir la vérité, en admettant toutefois que le fait existe, ce qui n'est pas prouvé. Un petit port de mer comme Aberdeen, cela vit de morue et de commérages.

BELLOT.

Oui !.. des mensonges... des radotages de province...

YARLEY.

Ah ! permettez !.. quand bien même le fait serait vrai, en Écosse, on ne joue pas ainsi avec les secrets et la réputation des jeunes filles.

BELLOT.

Oh! Yarley !.. jurez-moi de m'apprendre la vérité...

YARLEY.

Moi jurer?.. il n'y a que les menteurs qui jurent.

BELLOT.

Mais alors ce confident de miss Eva, c'est vous ?..

YARLEY.

Je vous ai fait part de ce qui se disait à Aberdeen ; je ne sais rien de plus.

SCÈNE V.

LES MÊMES, SPOOR.

SPOOR entonne une chanson derrière la scène et la finit à la grille du parc.
« Faut de l'eau à la baleine
« Faut du gin au matelot... »

(A part.) Cornes de bœuf !... je tombe comme une ablette entre deux requins... (haut.) Lieutenant, me voici. (A Yarley.) Maître, vous m'avez appelé?...

YARLEY.

Que viens-tu faire ici?

BELLOT.

Mauvais sujet... à l'heure qu'il est, tu devrais être à bord.

SPOOR.

Si vous ne m'avez pas appelé, c'est égal! c'est tout comme si vous l'aviez fait; et si je ne suis pas à bord, faites excuse, mon lieutenant : le moyen de déraper, quand on a échoué sur les bas-fonds de la taverne...

YARLEY.

Selon ton habitude : tu es le seul qui fasses honte à l'équipage.

SPOON.

Ah! il ne rougit pas pour si peu, l'équipage! Quant à être le seul, piquez un peu vers la taverne du Soleil, et vous y trouverez une belle bordée de nos matelots auxquels mistress Holyday, cette cabaretière d'enfer, épargne l'embarras d'emporter de l'argent en mer. Moi aller seul au cabaret! Est-ce que par hasard je bois de l'eau pour me cacher devant le monde? J'invite où l'on m'invite, mais j'aime encore mieux inviter, parce que je commande et que je me sens né pour commander : « Ohé! là-bas!... hisse les palans de garde!... »

YARLEY.

Tu es fou! va-t'en!

SPOON.

Fou! moi!.. Un fou dit ce qu'il ne veut pas dire. Soyez tranquille, maître!... Je ne jase jamais; vous le savez bien. J'ai toute ma raison : la preuve, c'est que j'ai su m'échapper des griffes de mistress Holyday. Il ne lui est resté entre les mains que mes dettes. Il est vrai que je lui ai laissé un gage qui a quelque valeur.

YARLEY.

Quoi donc, malheureux?

SPOOR.

Naneck!... le brave Naneck que le lieutenant a ramené du Groënland...

BELLOT se réveille comme d'un rêve.

Naneck!... A la taverne?..

SPOOR.

Il ne s'y trouve pas trop mal. Ah!... avec une goutte d'eau de feu, de gin, on le conduirait au bout du monde. J'ai dit à la satanée sorcière : « Mistress Holyday, je vous dois de l'argent. C'est vrai, je ne le nie pas. D'ailleurs, si je ne vous devais rien, vous m'oublieriez bientôt! vous avez le cœur si ingrat!... Mais comme nous avons fait honneur à votre cave, toujours ensemble avec Naneck, la justice veut que nous vous payions tous deux. Or, ni l'un ni l'autre nous n'avons un rouge penny. » La vieille me hurla aux oreilles une malédiction. « Silence dans les rangs!..etattention à la barre!..lui ai-je répondu. Pour quelques mauvaises guinées que je vous dois, je vous laisse une fortune. Gardez Naneck chez vous, mettez-le sous clef. A la prochaine foire d'Aberdeen, vous l'exposerez dans une échoppe, vous lui ferez manger des pigeons crus et vous ramasserez des tonnes d'or. » Et elle l'a gardé, jurant qu'elle ne le larguerait pas à moins qu'on ne lui payât tout ce qu'elle nous a mis sur le dos...

BELLOT.

Mon pauvre Naneck! mais le mal du pays le tuerait s'il restait ici un mois de plus... Je vais payer sa rançon... (A part.) Allons! pensons au bonheur des autres!... (Haut.) A bientôt, Yarley!... (Il sort.)

YARLEY.

Adieu, lieutenant!

SCÈNE VI.

YARLEY, SPOOR.

SPOOR, voyant partir Bellot, fait un geste de réjouissance et recommence sa chanson.

« Faut de l'eau à la baleine
« Faut du gin au matelot...»

YARLEY, avec éclat.

Écoute, Spoor!... c'en est est assez! j'ai longtemps toléré tes folies dans l'espoir que l'âge te ramènerait à la raison. Je me suis trompé. Je t'avais défendu de fréquenter les tavernes, où tu te livres à tes mauvais instincts, où tu vois un tas de drôles malfaisants. Qui peut me garantir contre les intempérances de ta langue, le jour où les fumées du gin auront égaré ton cerveau? Ah! j'aimerais plutôt te voir mort!

SPOOR.

Pas de mauvaises plaisanteries, Yarley!.. Si cela t'arrangeait

de me voir mort, il y a longtemps que je n'existerais plus. Tu me reproches mes plaisirs. Dame! il faut bien que jeunesse se passe. Mon enfance n'a pas déjà été si heureuse. J'avais dix ans, quand, sous prétexte de précocité et de vagabondage, on m'a ramassé dans les rues de Londres pour me transporter au delà des mers et me loger gratis au pénitencier d'Hobart-Town. Tu y étais déjà pour d'autres malheurs, et tu y vivais, à l'abri des voleurs, comme un trésor, sous bonne garde. L'humble souris est parvenue à couper les liens du lion captif. Un jour le gouverneur, sir John Franklin, compta deux déportés de moins dans sa colonie. Nous nous échappâmes...

YARLEY.

Silence!... tu n'oublieras donc jamais...

SPOOR.

Le service que je t'ai rendu?... Tu serais bien aise de l'oublier! Je me suis attaché à toi, parce que tu as des manières qui trahissent un grand seigneur, et que tu as dû avoir de fins langes dans ton berceau. Depuis, tu as eu des malheurs!... cela ne me regarde pas!... Mais tu es un fier marin, et vois-tu, Yarley, j'aime la mer, moi, tout autant peut-être que j'exècre l'eau douce. D'ailleurs, je te porte bonheur : depuis que nous sommes ensemble tout te réussit. A quoi l'ont servi tes courses dans les mers du sud?... La belle conduite que tu y as tenue, lors d'un célèbre naufrage, n'a pas empêché l'amirauté de faire de toi un déporté plus tard. Maintenant tu navigues toujours vent arrière. Ton vrai nom, danois, tu l'as changé contre un nom anglais... et tu as bien fait : le premier était usé. (Riant.) Il montrait trop la corde. Il t'a fallu te présenter comme pilote des mers polaires; on t'a accueilli et on t'a reconnu une habileté de premier ordre. Moi, qu'y ai-je gagné?.. de la misère! des horions!... Et tu me reproches le peu de plaisir que je prends à terre?

YARLEY.

Patience! le terme s'approche où je pourrai te créer une existence large et heureuse.

SPOOR.

Oui! et en attendant que tu tiennes ta promesse de m'acheter pour mon compte un bel et grand navire, tu m'emmènes dans des expéditions infernales où nous cherchons ce que nous ne voulons pas trouver; car il est clair que si notre brave gouverneur, sir John, lui qui nous connaît si bien, revenait jamais en Angleterre, nous risquerions de filer un vilain nœud. Déportés en rupture de ban, on pourrait nous engager à retourner d'où nous sommes venus.

YARLEY.

Oh! jamais! plutôt la mort!

SPOOR.

Ah bah! tu as toujours des mots pour rire!

YARLEY.

Je te promets qu'après cette expédition tout va changer pour nous.

SPOOR.

Et si nous allions par malheur mettre la main sur les naufragés de l'Érèbe et de la Terreur? On ne sait pas!... Notre commandant est un vaillant marin. L'officier français qui nous accompagne est rusé, et, de plus, un vrai démon d'énergie et d'activité; ils sont capables d'avoir la main heureuse.

YARLEY.

Sois tranquille, Spoor, et rappelle-toi l'échec de la première expédition sur le Prince-Albert! A bord, vois-tu, les officiers commandent, mais le pilote gouverne; le navire écoute le porte-voix des officiers, mais il n'obéit qu'au gouvernail.

SPOOR.

Je sais qu'au besoin tu jouerais gros jeu, quoique, à vrai dire, je ne comprends pas pourquoi tu t'effrayerais tant même de voir revenir sir John en Angleterre.

YARLEY.

Insensé!..

SPOOR.

Remarque que le seul fait d'avoir contribué à retrouver les équipages perdus nous vaudrait une grâce pleine et entière, sans compter la prime décernée par l'amirauté, et qui me paraît assez ronde... J'ai souvent pensé à cela.

YARLEY.

La grâce!.. moi gracié!.. Que cela te plaise, à toi, je le trouve tout naturel, mais moi! accepter une faveur qui constaterait mon passé!.. Un banni gracié en est-il moins flétri aux yeux du monde?.. Manger, boire et se promener libre, les mains dans ses poches, cela s'appelle-t-il vivre?.. Non! non! la vie compte d'autres jouissances, d'autres satisfactions!... La richesse, l'éclat, le pouvoir d'en imposer à une foule d'imbéciles qui, en d'autres circonstances, se croiraient en droit de vous accabler de leur mépris... et, plus que tout cela encore... la faculté d'associer au grand jour à sa destinée un être chéri, une femme belle, pure, élevée dans le luxe, et dont l'image, dont le souvenir nous transportent de bonheur et nous font souffrir à la fois sans cesse... voilà ce qui, pour de certaines natures, est tout aussi indispensable que l'air. De la patience, Spoor! le moment décisif approche... Tiens, veux-tu quelques guinées?...

SPOOR.

Qu'en ferai-je?.. On me doit encore à la taverne la monnaie de Naneck.

YARLEY.

Non... je t'en supplie... ne va pas à la taverne! Vois-tu, si un mot allait t'échapper, je ne réponds pas de moi!

SPOOR, avec câlinerie.

Tu m'achèteras un fusil, veux-tu?..

YARLEY, lui tapant sur la joue.

Tout ce que tu voudras. (Entrée de mistress Morton suivie du vieux Dick.)

SCÈNE VII.

LES MÊMES, MISTRESS MORTON, DICK.

MISTRESS MORTON, à Dick.

Vous veillerez à ce que ces messieurs de la municipalité soient convenablement reçus.

DICK.

Faudra-t-il ouvrir la grille?.. C'est qu'alors le parc sera envahi par la foule.

MISTRESS MORTON.

Qu'importe! (Apercevant Yarley.) C'est bien, monsieur Yarley, vous êtes un des premiers...

YARLEY s'incline.

Parmi vos plus dévoués serviteurs, mistress Morton.

MISTRESS MORTON, à Dick.

Allez, Dick, et priez miss Eva de venir me parler avant la cérémonie.

YARLEY, à Spoor.

Laisse-moi seul! va, mon garçon, va!.. (A part.) Je souffre trop!.. plus d'hésitation; il faut frapper le grand coup...

SPOOR, à haute voix.

Maître, vous n'avez pas d'autre ordre à me donner?.. (Yarley fait un signe, Spoor s'incline respectueusement et sort avec Dick; il cueille en passant une rose et l'offre au vieillard avec un geste comique.)

SCÈNE VIII.

YARLEY, MISTRESS MORTON.

YARLEY.

Je suis heureux de cette occasion, qui me permet de vous parler en particulier.

MISTRESS MORTON.

En vérité?.. vous avez quelque chose d'important à me dire?..

YARLEY.

J'ai à vous remettre, avant mon départ, un document qui vous intéresse. (Il tire de son portefeuille une lettre soigneusement pliée et la remet à mistress Morton.)

MISTRESS MORTON, parcourant la lettre.

Serait-ce possible?.. oui!.. c'est bien cela! c'est l'écriture du commodore, de mon malheureux frère... Cette lettre, que nous attendions depuis tant d'années!.. et ce noble jeune homme dont parle mon frère en termes si pleins de reconnaissance...

YARLEY.

C'est moi!..

MISTRESS MORTON.

Vous?.. Mais pourquoi, depuis tant d'années, ne vous êtes-vous pas nommé?..

YARLEY.

Il ne me convenait pas, mistress Morton, de m'occuper de ma personne. J'étais engagé dans des entreprises périlleuses, et je voulais d'abord être sûr d'en sortir sain et sauf.

MISTRESS MORTON.

Vous vous embarquez pourtant demain matin pour une expédition qui présente de bien grands dangers.

YARLEY.

C'est la dernière campagne de ce genre que j'entreprends, et comme en effet je puis y laisser ma vie, j'ai cru qu'il était de mon devoir de restituer à la famille Morton le dernier souvenir de son illustre chef.

MISTRESS MORTON.

Vous connaissez la teneur de la lettre?

YARLEY.

Parfaitement; le commodore lui-même me l'a lue avant de mourir. Son grand regret a été de ne pouvoir être enterré auprès de sa femme dans ce sépulcre qu'il a fait élever quatre ans avant son dernier voyage, et dont il avait laissé la clef dans un petit tiroir de son secrétaire, sous une miniature de la défunte, peinte par Hope.

MISTRESS MORTON, à part.

Nul doute... c'est bien lui! (Haut.) Monsieur Yarley, laissez-moi vous serrer la main, vous êtes un noble et digne homme, sachez que désormais, dans la maison du commodore Morton, vous êtes chez vous.

YARLEY.

Je ne suis chez moi qu'à bord du *Phénix*.

MISTRESS MORTON.

Les volontés de mon frère sont sacrées pour nous. Vous les connaissez, et vous venez me parler de leur accomplissement?..

YARLEY.

Je viens vous restituer la lettre et ne vous demande rien en échange; je m'en rapporte à la conscience des personnes à qui le mourant a adressé ses dernières paroles.

MISTRESS MORTON.

C'est la meilleure recommandation, monsieur Yarley, quand on a affaire à quelqu'un de notre famille. Moi et ma nièce nous vivons dans le culte de la mémoire du commodore. Vous permettez que j'aille la préparer à la surprise qui l'attend?

YARLEY.

C'est inutile, mistress Morton.

MISTRESS MORTON.

Comment?..

YARLEY.

Je vous le demande en grâce.

MISTRESS MORTON.

Vous exigez que je ne lui montre pas la dernière lettre de son père?

YARLEY.

Je sollicite auprès de vous un délai de vingt-quatre heures.

MISTRESS MORTON.

Mais elle m'en voudrait de l'avoir privée du bonheur de vous témoigner toute sa reconnaissance!

YARLEY.

Nous partons demain à l'aube. Le moment n'est pas favorable pour entamer des affaires d'une si haute importance. Si j'en avais jugé autrement, rien ne m'empêchait de vous remettre il y a longtemps cette précieuse relique. Veuillez garder la lettre, et, lorsque nous serons en pleine mer, vous en prendrez ensemble connaissance. Miss Eva aura le temps nécessaire pour réfléchir aux vœux suprêmes de son père. A Dieu ne plaise que je veuille par ma présence peser sur ses résolutions!

MISTRESS MORTON.

Vous me semblez pourtant tenir à ce que la décision de ma nièce soit conforme à la volonté de son père?

YARLEY.

Mistress Morton, je ne vous dirai pas que j'y tiens plus qu'à ma vie, j'ai trop souvent pour cela joué avec mon existence! Mais si vous pouviez voir ce qui se passe dans mon âme, vous n'y trouveriez qu'une idée, qu'un culte, qu'une passion, qu'un espoir! J'aime miss Eva!..

MISTRESS MORTON.

Et vous voulez que ma nièce l'ignore?

YARLEY.

A notre retour, si la Providence veut bien nous y aider, nous aurons tout le temps d'aborder la question avec le calme qu'elle réclame. Trouvez-vous, mistress Morton, quelque chose à redire à ma manière d'agir?..

MISTRESS MORTON.

Je ne puis qu'admirer la loyauté et la délicatesse de vos procédés. Mon frère avait raison de vous porter une affection paternelle...

YARLEY.

Le dévouement était facile envers un homme tel que le commodore.

MISTRESS MORTON.

Vous me faites du bien en me parlant ainsi. Croyez que, de mon côté, j'userai de tout mon ascendant sur ma nièce pour lui faire comprendre la hauteur de sa mission.

YARLEY.

J'y compte, mistress Morton, et je vous en remercie du fond du cœur.

MISTRESS MORTON; on entend un coup de canon dans le lointain.

Que veut dire ce coup de canon? (Entrée de Bellot suivi de Naneck.)

YARLEY.

Premier signal de ralliement pour les matelots du *Phénix*.

SCÈNE IX.

LES MÊMES, BELLOT, NANECK.

BELLOT.

La municipalité d'Aberdeen vient de quitter l'hôtel de ville. Toute la population est à sa suite.

YARLEY, à Naneck.

Te voilà, mon brave Naneck, racheté de l'esclavage. Tu aurais peut-être mieux aimé rester ici ?

MISTRESS MORTON.

La comparaison en effet ne doit pas tourner à l'avantage de son pays.

NANECK.

Oh ! mistress Morton, si vous veniez chez nous, c'est bien autrement beau qu'ici !

MISTRESS MORTON.

En vérité !..

NANECK.

C'est si propre, c'est si blanc; pas un arbre, pas une fleur, de la neige partout.

YARLEY.

Voyons, Naneck, avoue que cela manque un peu de variété !

NANECK.

Ah ! bien oui, de la variété ! Vous en avez ici : le jour commence à peine qu'il a déjà fini. Chez nous, quand il se met à faire jour, cela dure six mois.

BELLOT.

Et la nuit aussi.

MISTRESS MORTON, à Naneck.

En hiver vous devez souffrir du froid ?..

NANECK, montrant le cottage.

Les missionnaires ont froid, parce qu'ils habitent de gros vilains hangars comme celui-là ! Mais les Esquimaux ont chaud. Nous nous serrons bien les uns contre les autres dans une hutte creusée en terre, et avec deux lampes à l'huile de phoque; on y étouffe de chaleur ! Ah ! c'est si bon !

YARLEY.

En un mot, tu regrettes d'être venu ici ?

NANECK.

Je suis bien aise de m'en retourner, avec le lieutenant surtout !

YARLEY.

Et aussi avec ton ami Spoor, le compagnon de tes fredaines.

NANECK.

Oh ! Spoor... cela n'est pas sûr qu'il parte.

YARLEY, inquiet.

Pourquoi cela ?

NANECK.

Je viens de le voir dans le port. Il jure, et crie comme un loup. Il a voulu dire des compliments à une demoiselle et il se fait assommer par trois pêcheurs; s'il ne prend pas garde, il se fera harponner.

YARLEY, à part.

Le misérable ! (Haut.) Mistress, vous m'excuserez, le premier signal de ralliement a été donné; je dois ramasser les maraudeurs.

MISTRESS MORTON.

Nous vous reverrons bientôt. (Yarley sort vivement.)

SCÈNE X.

MISTRESS MORTON, BELLOT, NANECK.

BELLOT.

Allons, mon brave garçon!.. tu seras bientôt chez toi.

NANECK.

Avec vous, n'est-ce pas?.. Vous assisterez à ma noce.

MISTRESS MORTON.

Tu te maries, Naneck !.. Ta fiancée est-elle belle ?

BELLOT, tristement.

Elle l'aime, elle est belle pour lui!.. (A part.) Cette angoisse d'incertitude me tue, il faut que je sache la vérité.

NANECK.

La mouette blanche est belle, plus belle encore que moi. Le lieutenant m'a promis de la mettre sur un morceau de papier. Oh !.. il sait faire cela si bien.

MISTRESS MORTON, à Bellot.

A votre retour vous me montrerez son portrait ; je serai bien aise de la voir.

NANECK.

Le lieutenant ne reviendra plus !.. il restera avec nous.

MISTRESS MORTON.

Tais-toi, Naneck ; tu dis là de vilaines choses... (Naneck blessé du reproche s'éloigne au fond et se met à cueillir des fleurs.)

BELLOT.

Il a peut-être dit la vérité. D'ailleurs, quand bien même le ciel nous accorderait un heureux retour, qui sait si nous ne serons pas forcés d'aller tout droit à Londres ?

MISTRESS MORTON.

De Londres à Aberdeen le chemin n'est pas long.

BELLOT.

Notre expédition, même au cas de réussite, peut durer deux ou trois ans. Cela suffit au temps pour opérer bien des changements. Ici, dans cette maison où nous avons reçu un accueil si hospitalier, tout peut changer.

MISTRESS MORTON.

Vous vous trompez, lieutenant, nos cœurs resteront toujours les mêmes pour vous, et, à moins d'un événement imprévu, je ne pense guère que notre situation puisse changer.

BELLOT.

Ces événements imprévus arrivent forcément partout où la jeunesse leur sert de prétexte.

MISTRESS MORTON.

Eh ! grand Dieu !.. à quoi pensez-vous ?

BELLOT.

Miss Eva est jeune, belle et riche.

MISTRESS MORTON.

C'est vrai !

BELLOT.

Elle ne manquera pas de prétendants.

MISTRESS MORTON.

C'est certain.

BELLOT.

Elle peut fixer son choix, si elle ne l'a pas déjà fait.

MISTRESS MORTON.

Oh ! je puis vous répondre qu'à votre retour vous ne la trouverez pas mariée.

BELLOT.

L'idée du mariage n'aurait jamais traversé sa jeune pensée ?

MISTRESS MORTON.

Probablement oui, elle a fait des rêves comme toute jeune fille...

BELLOT.

Ces rêves ne peuvent-ils pas se réaliser ?.. mais excusez-moi, mistress Morton, je m'aperçois que je suis indiscret.

MISTRESS MORTON.

A ce titre, je ne dois pas vous cacher que la destinée de ma nièce est à peu près fixée...

BELLOT.

Vous disiez pourtant que nous la retrouverions... (Il s'arrête.)

MISTRESS MORTON.

Je disais la vérité. L'avenir d'Eva pourrait bien être lié à celui de votre expédition.

BELLOT, avec un éclair de joie.

A la nôtre?..

MISTRESS MORTON.

Si je vous disais qu'Eva est presque fiancée...

BELLOT, avec une douleur contenue.

Fiancée !

MISTRESS MORTON.

Oui, fiancée : mais le secret ne m'appartient pas.

NANECK, accourant avec une botte informe de fleurs.

Voici pour vous, mistress; j'en ferai une autre pour miss Eva. Vous autres, vous aimez les fleurs, c'est drôle.

BELLOT, à part.

Plus d'espoir ! Yarley a dit la vérité !

MISTRESS MORTON.

Merci, Naneck; avant ton départ nous te donnerons aussi ql q ues souvenirs.

NANECK.

Et au lieutenant vous ne donnerez rien?

BELLOT, à Naneck.

Brave cœur! va... tu seras heureux !.. Ton pauvre pays te semble un paradis. Tu as bien raison ! L'hiver n'a pas pour toi de frimas et la nuit de ténèbres. Ces belles fleurs ne sourient pas à ton imagination. Qu'as-tu besoin de ces jouissances ?.. Tu aimes, tu es aimé !.. Contente-toi de l'amour. C'est la lumière de l'âme, c'est le soleil aux chauds rayons, c'est la plus belle fleur de la vie... Réjouis-toi!.. tu retrouveras bientôt ta mouette blanche. Ah ! puissions-nous déjà être partis!..

MISTRESS MORTON, à Bellot.

Peut-on aimer ainsi la mer?.. Je la déteste moi !.. elle a mis le deuil dans cette maison...

NANECK.

Oh ! oui, mistress Morton, la mer dans les glaces et les phoques, c'est bien ennuyeux. (Entrée de miss Eva suivie du vieux Dick chargé de plusieurs cartons.)

SCÈNE XI.

LES MÊMES, MISS EVA, DICK.

DICK, à miss Eva, à part.

Voyons, miss Eva, ma chère enfant, assez de larmes comme ça. Tâchez d'être gaie.

MISS EVA, à Dick.

C'est bien. Posez sur la table ces cartons. (A Naneck.) Tenez, voici quelques souvenirs de votre voyage en Europe. Cette montre est pour vous. Ces autres objets sont pour votre fiancée. Des écharpes, des fichus, des étoffes, un bracelet, des aiguilles, des ciseaux... Vous lui apprendrez à coudre à l'européenne. (A chaque objet Naneck bat des mains et pousse de grands éclats de rire. — Il met une écharpe à son cou et se pavane.)

BELLOT, à part.

Quelle bonne et douce créature! N'y pensons plus! Tout est fini!

MISTRESS MORTON.

Tenez, Naneck, vous suspendrez cette petite croix au cou de la mouette blanche. (Entrée générale.)

SCÈNE XII.

LES MÊMES, LADY CECILIA, L'ALDERMAN DUNCAN.

(La municipalité d'Aberdeen, officiers de marine, matelots. — Peu à peu le parc se remplit de la foule, parmi laquelle on distingue quelques montagnards écossais, et enfin Yarley et Spoor.)

MISS EVA, à Bellot.

Vous reviendrez bientôt... j'ai bon espoir...

BELLOT.

Miss Eva, je connais la vérité : ma destinée est fixée, et je n'ai rien à espérer sur la terre. (On entend un coup de canon.) C'est le second signal... au troisième nous devons tous être à bord ! Adieu, miss Eva... soyez heureuse et oubliez-moi... J'ai besoin de tout mon courage...

MISS EVA.

Que se passe-t-il en lui?.. oh! il ne m'a jamais aimée!...

NANECK, accourant vers miss Eva.

Oh! miss Eva, avant notre départ, il faut que vous me donniez encore quelque chose.

MISS EVA se réveille de sa méditation.

C'est toi, Naneck?.. Que veux-tu?

NANECK.

Donnez-moi beaucoup de papier et tout ce qu'il faut pour faire des visages dessus. Le lieutenant, pendant la traversée, m'apprendra comment cela se fait. Oh! il a écrit vos traits sur un grand papier blanc... On dirait que c'est tout à fait vous... Il passe des heures entières à vous regarder, quelquefois avec des larmes aux yeux.

MISS EVA.

Naneck, dis-tu la vérité !

NANECK.

Ce matin encore, il ne faisait pas autre chose dans sa cabine.

MISS EVA.

Naneck! tu auras tout ce que tu voudras. (A part.) Ah! il m'aime!... Eh bien ! il verra à son tour s'il a le droit de se plaindre!... (Elle découvre dans la foule Dick, et lui parle à part, avec précipitation; Dick manifeste un vif étonnement.)

LADY CECILIA.

Je ne vois pas le commandant de l'expédition. Nous allons l'attendre, n'est-ce pas ?

BELLOT.

Du tout, milady, le capitaine est auprès de lady Franklin. Votre sœur n'a pas voulu nous laisser partir sans nous faire à chacun ses adieux ! Elle nous a adjoint, toutefois, de n'en rien dire à son médecin.

MISS EVA, à Dick.

Vous allez à tout prix obtenir du commandant la permission de vous embarquer.

DICK.

Miss Eva, je n'ai jamais navigué.

MISS EVA.

Dick, c'est pour moi une question de vie ou de mort.

DICK.

Dieu ! ayez pitié de mon âme! vous serez obéie. (Miss Eva lui serre la main.)

L'ALDERMAN, à la tête de la municipalité, s'adressant à lady Cecilia.

Milady, la municipalité de la royale ville d'Aberdeen saisit avec joie cette occasion solennelle pour vouloir bien de sa part à lady Franklin présenter ses hommages... Elle s'associe du fond de son cœur à vos vœux et à vos espérances, et elle vous prie tous d'assister, en son nom, à la bénédiction du navire qui demain se mettra en route vers les mers polaires.

LADY CECILIA.

Messieurs de la municipalité, recevez nos remerciements, et vous, messieurs les marins, nos bénédictions. (Elle sanglote et s'appuie sur mistress Morton.)

YARLEY, à Bellot.

Eh bien! lieutenant, cette cérémonie est touchante.

BELLOT, avec désespoir.

A bord! Yarley, à bord !.. et partons au plus vite.

YARLEY, à part.

Le coup a porté!..

SPOOR, à Naneck.

Viens-tu, sauvage?.. Tiens! cela s'appelle chez nous le coup de l'étrier. (Il lui donne sa gourde, Naneck se met à boire avec délice.)

L'ALDERMAN.

Maintenant, Messieurs, dirigeons-nous vers la rade. (Deux montagnards ouvrent la marche en jouant de la cornemuse. — Tout le monde les suit. — Procession avec des drapeaux. — Tableau final.)

MISS EVA, restée la dernière.

Ma bonne tante, pardonnez-moi et soyez bénie. (Elle s'élance dans le cottage.)

ACTE TROISIÈME.

Le théâtre représente le pont du *Phénix*, vu de face et par le milieu. Les voiles sont serrées. Le temps est beau et la mer est tout à fait calme. Deux matelots au gouvernail; d'autres occupés au nettoyage des accessoires du vaisseau ou au raccommodage des effets. Mouvement de va-et-vient.

—

SCÈNE PREMIÈRE.

LE CAPITAINE, sur la dunette du gaillard d'arrière; BELLOT prend la hauteur du soleil avec un sextant, YARLEY, sur la passerelle de devant, observe la mer; DICK, NANECK et SPOOR, halant la ligne du loch; les deux derniers se reposent, Dick seul se courbe sous sa besogne.)

SPOOR, à Dick.

Hale dessus, pilotin, hale dur ! c'est comme cela qu'on devient amiral ! (Il fait un tour mou avec la ligne sur un cabillot, pendant que Dick tire de toutes ses forces ; le tour se défait ; Dick, surpris, va tomber à reculons à quelques pas plus loin ; rires des matelots.)

BELLOT, dérangé dans ses observations.

Silence derrière !..

SPOOR, à voix basse et avec un geste insolent.

Ça lui dérange son soleil. (A Dick, qui s'est levé et a repris sa ligne.) Voilà ce que c'est d'avoir le poignet solide; sans toi, mon brave, un poisson avalait la planche du loch, et le navire s'arrêtait tout court.

DICK.

Ah bah ! (Rires des matelots.)

SPOOR, la planche du loch et la ligne sont tirées sur le pont.

Love la ligne ! C'est drôle que tu ne puisses la jeter à l'eau sans la mouiller!.. Va, tu n'es pas encore bien fort, vieux marsouin !

DICK, à part.

Suis-je un marsouin ?.. Si je le suis, c'est grâce à vous, miss Eva.

SPOOR, s'adressant au capitaine.

Capitaine, un nœud trois dixièmes.

LE CAPITAINE; il s'entretient avec un officier.

C'est bien !

SPOOR, à Dick.

Nous allons passer maintenant à l'exercice des cordages. Attention ! on va t'enseigner l'art de confectionner différents nœuds : le nœud plat, le nœud de vache, le nœud de soldat. J'ai juré qu'avant la fin de la campagne je ferai de toi un crâne matelot.

DICK.

Je ne demande pas mieux, pourvu que je sois bon à quelque chose.

SPOOR.

Bien dit! un matelot est bon à tout. (Arrivés près du capot des matelots, Spoor, par politesse, donne le pas à Dick ; en même temps il lui applique un croc en jambe et le fait rouler sur l'escalier.) Tu n'as pas le pied plus marin que ça!.. Attention, garde à vous, là-bas ; on descend une tonne. (Rires des matelots; Spoor descend après Dick.)

BELLOT remet son sextant à Naneck, qui essaye de s'en servir ; à l'homme du gouvernail.

Midi ! Pique huit !.. (Le matelot frappe huit coups, deux par deux, sur la cloche à portée de la main. — Bellot au capitaine.) Capitaine, mon observée nous place par 66° 38''.

LE CAPITAINE, *regardant dans un livre.*

A peine sous le cercle arctique... nous n'avançons guère. (*Il descend auprès de Bellot.*)

BELLOT.

Lors de mon dernier voyage nous étions obligés, sous cette latitude, de naviguer avec les bas ris dans nos huniers, tant la brise était forte et la mer mauvaise. Aussi l'équipage ne s'est-il pas seulement aperçu que l'on passait le cercle.

LE CAPITAINE.

Il s'en apercevra aujourd'hui. Holà ! maître, une chaudière de punch pour l'équipage ! on passe le cercle polaire. Ordre du jour : gaieté, joie, fête... (*Le maître s'incline ; les matelots font des démonstrations de joie et disparaissent dans leur carré.* — *A Yarley, qui descend de la passerelle.*) Rien de nouveau ?..

YARLEY.

Toujours le même calme désespérant, et, à l'horizon, pas l'ombre d'une montagne de glace... Vrai temps de demoiselle !

LE CAPITAINE.

C'est ma foi vrai. On dirait qu'on l'a commandé exprès pour notre charmante passagère.

YARLEY.

Bien possible ! c'est cet embarquement clandestin qui nous a ensorcelés.

BELLOT.

Vous n'y pensez pas, Yarley !

LE CAPITAINE.

Je me demande parfois si cette jeune fille n'est pas folle.

YARLEY.

Une passion malheureuse... cela mène droit à la folie.

LE CAPITAINE.

Quant à ce vieux Dick Mac-Gregor, son domestique...

BELLOT, *vivement.*

Il est fou de dévouement, celui-là, et vous seriez bien aimable, capitaine, de donner ordre aux matelots, à ce vaurien de Spoor surtout, de laisser en repos le pauvre bonhomme.

LE CAPITAINE.

Ma foi non ! qu'il se débrouille lui-même ! Du reste, c'est un rusé compère ! Je ne lui pardonnerai jamais de m'avoir trompé... Vieux crocodile ! a-t-il assez pleuré pour obtenir son embarquement sur *le Phénix*, sous prétexte qu'il avait un filleul, un parent du même clan que lui parmi les compagnons de sir John Franklin.

YARLEY, *riant.*

Pourquoi pas ?.. En Écosse, quand on veut se faire place dans un meeting ou dans une église, on n'a qu'à s'écrier : « Mac-Gregor, votre maison brûle ! » Et la moitié du public s'en va.

LE CAPITAINE, *riant.*

Passe encore s'il se fût embarqué seul... mais surcharger le rôle d'équipage d'une jeune évaporée !... voilà du lest inutile !...

BELLOT.

Pauvre enfant ! elle ne prévoyait ni les privations, ni les dangers de la vie de marin,

LE CAPITAINE.

Je les lui aurais bien épargnés, moi, si j'avais pu retourner à Aberdeen ! Mais les ordres de l'amirauté étaient formels : une fois sortis du port, pousser droit vers le Groënland, sans s'arrêter nulle part. Ah ! le vieux malin ! il m'a pris comme dans un traquenard.

LE MAITRE D'HÔTEL, *paraissant au capot de la chambre.*

Capitaine, le dîner est servi.

LE CAPITAINE, *à Bellot et à deux autres officiers.*

Allons, Messieurs... venez-vous, Yarley ?...

YARLEY.

Je suis de quart.

BELLOT, *avec embarras.*

Merci, capitaine, je n'ai pas faim.

LE CAPITAINE, *l'entraînant.*

Vous accepterez bien un verre de Sherry. Venez !... (*Ils descendent.*)

YARLEY, *seul.*

M. Bellot n'a jamais faim aux heures où la jeune miss a l'habitude de prendre l'air sur le pont. Ah ! le capitaine se plaint qu'il a été joué ! Et moi donc !... Mais moi je n'abandonne pas la partie ! (*Il prend la lunette, remonte sur la passerelle et observe.*)

<h2 style="text-align:center">SCÈNE II.</h2>

YARLEY, *sur la passerelle ;* DICK, SPOOR, MISS EVA, *à la fin de la scène,* NANECK.

DICK *s'élance du carré des matelots, les vêtements en désordre, et s'essuyant le visage.*

Les vilains garnements, ils me feront mourir ! sous prétexte de me rendre matelot fini, ils jettent une demi-livre de poivre dans ma ration de café, et me forcent à manger mon bœuf avec du goudron en guise de moutarde. Et ce vaurien de Spoor qui prétend que je dois jouer un rôle de nègre dans la cérémonie du passage ! il a commencé déjà à me peindre en noir !.. Ah ! que diraient mistress Morton, et tout le clan Mac-Gregor, s'ils me voyaient ainsi !...

SPOOR *accourt, suivi de quelques matelots, un pinceau et une écuelle à la main.*

Rien qu'une seule couche de cirage, et tu seras bon teint.

DICK *se défend.*

Écoute, Spoor ! Je suis un homme à double vue. Si tu continues, je te le prédis : tu seras pendu !...

SPOOR.

Ah ! tu fais le prophète, c'est le moment de te peindre en corbeau.

YARLEY *descend rapidement de la passerelle ; à Spoor.*

Assez !

SPOOR.

Il prétend que je vais être pendu !... (*Bas à Yarley.*) Cela te regarde aussi, toi...

YARLEY *crispe les poings et fait un pas vers Spoor, lequel disparaît avec les matelots. Entrée de miss Eva ; Yarley change de physionomie.*

Miss Eva !

MISS EVA.

Monsieur !... (*A Dick.*) On te tourmente, mon vieil ami, et c'est moi qui en suis la cause...

DICK.

Ce n'est rien. Ces jeunes gens sont si gais !... croyez, miss Eva, que je me trouve très-heureux. (*Il prend l'écuelle avec laquelle il était arrivé du carré, s'assied sur les cordages, et se met à manger.*)

YARLEY.

Ils vont être plus gais tout à l'heure. La cérémonie du passage du cercle va cette fois réussir. Le temps est si beau !

MISS EVA.

Trop beau, monsieur Yarley ! ne me cachez rien ! L'écho des conversations qui se tiennent ici parvient jusqu'à moi. Oh ! je souffre, mais je ne me fais pas pitié... Je suis coupable. L'exemple de Lady Franklin, un instant d'égarement, que sais-je, moi ! m'ont poussée à cette folle idée de partager les périls de votre entreprise. Une femme au milieu des dangers, c'est une prière constante élevée vers Dieu. J'ai pensé que je vous porterais bonheur. Je me suis trompée. Les marins voient cela autrement. Ce calme fatal qui nous retient presque sur place, on l'attribue à ma présence, je le sais.

YARLEY.

Des superstitions ! Il est fâcheux que des malveillants se complaisent à répandre de pareils bruits parmi l'équipage ; et cela prend même sur nous autres Anglais qui sommes plus raisonnables.

MISS EVA, *à part.*

Le lieutenant aussi !... (*Haut.*) Qu'importe, si l'on y croit ?

YARLEY.

C'est vrai.

MISS EVA.

Vous l'avouez vous-même ! Mais la vie à ces conditions devient un supplice... Le désespoir envahit mon âme, c'est en vain que je cherche dans mon esprit un moyen de salut ! Oh ! ayez pitié de moi !

YARLEY.

Miss Eva, vous avez le droit de me demander tout : même le sacrifice de ma vie le jour où vous en auriez besoin.

MISS EVA.

Dites alors... Que faut-il faire ?... Oh ! j'en perds la tête !..

YARLEY.

En pleine mer, le conseil est difficile.

MISS EVA.

Vous voyez ; plus de salut !

YARLEY.

Si pourtant ! en y réfléchissant bien...

MISS EVA.

Oh ! parlez... parlez !...

YARLEY.

Miss Eva, quand bien même nous filerions comme maintenant un nœud à l'heure, nous finirons un jour ou l'autre par aborder au Groënland. Ma qualité de maître pilote me permet de m'arranger de façon à faire relâche à Godthaab. C'est un point que fréquentent volontiers les quelques pêcheurs de baleines qui s'aventurent dans les mers polaires. De plus, j'y connais un brave missionnaire danois et sa femme qui seront enchantés de vous recevoir, et alors vous profiteriez du premier navire en partance pour l'Angleterre !...

MISS EVA.

Oh ! oui !... je ne crains que de mourir à bord... Ma mort !... ils y verraient peut-être encore un mauvais augure !

YARLEY.

Chez nous, en Angleterre, on ne croit à rien de tout cela...

MISS EVA.

Vous me débarquerez. Je serai seule. Jusqu'ici, je n'avais jamais pensé que la solitude pût à un moment de la vie nous devenir si chère...

YARLEY.

Promettez-moi de garder le secret. Il s'agit d'aborder à Godthaab, et il y a ici des volontés supérieures à la mienne. (Dick, qui avait regardé de loin miss Eva, a eu le soin de disparaître un instant dans le cabinet, et de revenir avec un châle qu'il met sur les épaules de sa maîtresse.)

MISS EVA.

Je vous le jure! Merci, Dick! es-tu bon! sois tranquille. Je sais que tu n'aimes pas la mer. Je te ménage une surprise.

YARLEY, avec reproche.

Miss Eva!..

MISS EVA, vivement.

Non, ce n'est rien!.. rassurez-vous!..

YARLEY, qui pendant ce temps avait jeté des regards inquiets sur la mer, d'une voix forte à l'homme du gouvernail.

Imbécile!.. La barre à tribord tout entière!.. sont-ils bêtes ces gens-là!.. (Il s'élance sur la passerelle et observe.)

DICK.

Ne vous préoccupez donc pas de moi. Je croyais ne pas aimer la mer. C'était une idée! J'en raffole.

MISS EVA.

Tu fais là un pieux mensonge, mon vieil ami, je sais tout ce que tu endures.

DICK.

Moi?.. mais je suis aimé, respecté, choyé, caressé. (Il fait une grimace à part.) D'ailleurs, j'ai un protecteur qui ne me laisse manquer de rien.

MISS EVA.

Ah! quelqu'un te protége?..

DICK.

Qui donc, si ce n'est l'officier français, notre lieutenant?

MISS EVA.

Vraiment?.. Il s'occupe de toi?..

DICK.

De moi, un peu; de vous, beaucoup.

MISS EVA.

La politesse est si naturelle aux Français.

DICK.

Miss Eva, le lieutenant est mieux que poli... (Montrant son cœur.) Il a de ça!..

MISS EVA.

Je n'en doute pas. Il est bon pour toi, pour moi, comme pour tout le monde. Du reste, tu le vois, il est toujours seul; il ne parle à personne.

DICK.

Il me parle bien à moi. La nuit, quand tout le monde est couché, il cause volontiers sur le pont.

MISS EVA, vivement.

Et de quoi cause-t-il?

DICK.

Il me demande des détails chaque fois que je lui parle de vous, de votre enfance; combien vous étiez gentille quand vous étiez tout petiote; quel bon cœur vous avez pour la misère humaine; combien de joie vous nous avez donné depuis votre berceau. Oh! alors ses yeux brillent, sa figure sourit, il resterait là à causer jusqu'au grand jour. Cette nuit, il m'a demandé pour la troisième fois si nous avions des amis parmi les officiers de sir John?

MISS EVA.

Tu vois?.. il pense également aux pauvres naufragés. Moi... il m'évite!

DICK.

C'est parce qu'il a du chagrin; il est triste; il n'a rien de gai à vous dire. Mais si vous saviez comme il pense à vous! Cette nuit, il est défendu de marcher sur le pont au-dessus de votre cabine, il est ordonné de parler bas pour ne pas vous réveiller. Et vos provisions, c'est lui qui vous les choisit et il se désespère que vous soyez si mal servie.

MISS EVA.

Dick, si j'étais sûre... car d'autres me disent le contraire... je ferais tout pour ne pas quitter ce navire... (Elle s'arrête.)

DICK.

Oh! que cela ne vous empêche pas, miss Eva; si l'occasion s'en présentait, nous ferions bien de déguerpir.

MISS EVA.

Oh! oui, je vois bien, tu en as assez...

DICK, avec embarras.

Moi! il me semble que je suis comme un requin, né dans l'eau salée. C'est pour vous que je parle. Demandez au lieute-

nant lui-même s'il n'aimerait pas mieux vous voir dans une bonne maison, bien installée, bien dorlotée.

MISS EVA, vivement.

Il te l'a dit?

DICK, embarrassé.

Non, mais je suis sûr qu'il le pense.

NANECK s'élance du carré des matelots et accourt vers Dick.

Oh! Dick!.. prêtez à Naneck votre couverture... pour la fête... Vite!.. vite!..

DICK.

Ma couverture?.. Et la tienne, qu'en as-tu fait?..

NANECK.

La mienne?.. Ils me l'ont prise; ils l'ont cachée cette nuit, pendant que j'étais auprès du feu...

MISS EVA.

Il y avait le feu cette nuit à bord? Que dit-il?....

NANECK, riant à gorge déployée.

Oui! à la cuisine!... Miss Eva toussait, elle était malade. Le lieutenant a passé la nuit là, au-dessus de votre cabine, et il a ordonné à Naneck de rester auprès du feu pour qu'il ne s'éteigne pas. Chez les blancs, quand on est malade, il faut que le feu brûle... Dick, venez, venez! Spoor crie après la couverture. (Il s'en va.)

DICK le suit et disparaît avec lui.

On y va, mon garçon.

MISS EVA, seule.

De la tendresse et du dédain! Yarley me met la mort dans l'âme! Dick fait briller devant moi l'espérance... Auquel des deux dois-je croire?... Oh non! je serais trop heureuse!..

SCÈNE III.

MISS EVA, BELLOT; LES DEUX OFFICIERS ET LE CAPITAINE sortent de la cabine; ce dernier va rejoindre Yarley sur la passerelle; les officiers vont à leurs affaires du bord; Bellot reste avec miss Eva.

MISS EVA, à Bellot, qui s'incline devant elle.

Lieutenant, mon vieux serviteur m'a dit que vous vouliez bien vous occuper de lui. Permettez que je vous en remercie.

BELLOT.

Je n'ai fait pour lui rien de plus que pour les autres. Je regrette surtout que les ressources de notre navire soient si bornées, car la vie, miss Eva, doit vous paraître ici bien pénible.

MISS EVA.

Sont-ce là les inconvénients qui mesurent la peine ou la joie?

BELLOT.

Oui, je sais, il est des souffrances morales qui dépassent toutes les misères; il est des angoisses, des incertitudes sur la destinée des êtres qui nous sont chers...

MISS EVA.

Ou des certitudes qu'on est de trop, qu'on porte malheur à ceux à qui l'on voudrait voir tous les bonheurs du monde.

BELLOT.

Ah! miss Eva! quand on est femme, il faut s'habituer à cela. On ne porte pas bonheur à tout le monde, pas plus sur mer que sur terre.

MISS EVA.

Je comprends, lieutenant, et, croyez-le, je me repens de ma démarche. Je la réparerai... Vous le verrez bien! A la première relâche, je demanderai qu'on me débarque.

BELLOT.

Vous ferez bien.

MISS EVA, avec une douleur contenue.

En vérité?... Vous êtes de mon avis?...

BELLOT, avec chaleur.

Mais vous ne savez pas ce que va devenir sous peu notre navigation? Vous ne vous doutez pas des dangers qui nous attendent? Mais n'avez-vous donc jamais entendu parler de ces affreux parages où la tempête a élu éternel domicile; où l'orage joue avec d'immenses montagnes de glace, comme ailleurs la mer avec des cailloux! où à chaque instant un gros navire tel que le nôtre risque d'être écrasé comme une coquille d'œuf! Oh! miss Eva, qu'avez-vous fait?...

MISS EVA.

Le danger!... pour le redouter, il faut le connaître. Vous y allez bien vous autres...

BELLOT.

Nous faisons notre métier. Mais vous, miss Eva! quelle sublime folie!... Oui, certes, si l'occasion s'en présente, il faut débarquer... quelque part... à moitié chemin... Si nous avons le bonheur d'apprendre de bonnes nouvelles sur les naufragés de l'Érèbe et de la Terreur, vous les recevrez la première.

MISS EVA.

Oh! je ne vis que dans l'espoir de vous voir réussir.

BELLOT.

Oui, et moi je n'ai que celui de revoir un jour ma France bien-aimée!...

MISS EVA.

Vous y avez laissé toute votre famille... (S'oubliant.) Et puis encore!... Voyons !

SCÈNE IV.

LE CAPITAINE, YARLEY; LES OFFICIERS descendent et se placent autour de MISS EVA et de BELLOT.

LE CAPITAINE, d'une voix forte, au moment où miss Eva disait les dernières paroles.

Il n'y a donc personne pour nous recevoir au delà du cercle ? (A miss Eva.) Ce sera pour vous, miss Eva, un spectacle nouveau. Chaque fois qu'un navire passe la ligne ou le cercle polaire, les matelots ont l'habitude de célébrer ce passage par une cérémonie burlesque, une mascarade. La vie des marins est difficile, et ils méritent bien qu'on leur accorde de temps à autre un moment de gaieté. Holà!.. Tout le monde sur le pont!... Le père Arctique nous fera peut-être venir la mère la Brise. (On apporte des sièges pour miss Eva et pour l'état-major. Cérémonie du passage du cercle polaire. Le capitaine prie miss Eva de s'asseoir, il prend place à côté d'elle. Les officiers s'asseoient ou restent debout. Les matelots et les mousses garnissent les bastingages et les haubans; un matelot placé à côté du mât agite une plaque de tôle et simule le tonnerre. A ce signal, un matelot déguisé en courrier des mers polaires se laisse glisser à cheval le long de l'étai du grand mât, fait claquer son fouet, se dirige vers le groupe de l'état-major, et présente une lettre d'une dimension formidable.)

LE COURRIER, s'inclinant.

Le commandant du Phénix.

LE CAPITAINE.

C'est moi. (Il prend la lettre et déchire l'enveloppe.)

LE COURRIER.

Voici une lettre de lord La Glace, premier ministre de Sa Majesté le roi du pôle Arctique, en réponse à celle que vous lui avez adressée à votre départ d'Aberdeen.

LE CAPITAINE, lisant.

« Sa Majesté, mon auguste maître, autorise le Phénix à circuler librement dans son royaume. Le roi, malade lui-même à la suite d'un refroidissement, envoie au-devant de vous son bien-aimé fils, lequel vous fera l'honneur de monter à bord avec toute sa cour et d'y prendre quelques rafraîchissements, si tel est votre bon plaisir. »

LE COURRIER.

Y a-t-il réponse, commandant?...

LE CAPITAINE.

La réponse est à la cambuse. (Appelant au capot.) Holà ! maître d'hôtel ! cuisinier! préparez la réception de l'ambassade! (Le courrier se retire, faisant claquer son fouet. Coups de tonnerre, sifflets, pétards ; un bizarre cortège envahit le fond. Deux tritons, l'un jouant de la cornemuse, l'autre du cornet à piston, ouvrent la marche. Viennent ensuite deux monstres marins tenant les insignes du roi du pôle et les cadeaux destinés au PHÉNIX; Spoor, en piteux héritier du royaume Arctique, à cheval sur un ours, caracole près de Naneck, déguisé en princesse, sa femme, et porté en palanquin par deux diables. Le ministre lord La Glace, entre le vent du Nord et le vent d'Est; la Tempête s'agitant avec fureur ; un garçon de café, à la tête d'une chaudière, attelée de deux phoques. Deux monstres marins, deux diables et deux singes, ferment le cortège, qui, au son de la musique, défile devant les assistants. Le cortège se groupe. Spoor descend de l'ours, lui donne un coup de pied, et s'adresse au capitaine pendant que le maître d'hôtel, le cuisinier et des matelots préparent le punch dans la chaudière.)

SPOOR.

Chers hôtes, soyez les bienvenus dans le royaume de mon père. (Imposant le silence aux musiciens.) Silence là-bas! (Au capitaine.) Papa est malade; il vous fait dire bien des choses.

LE CAPITAINE.

Votre seigneurie est trop bonne. Je vois qu'elle a fait des frais pour nous recevoir; ces costumes sont superbes...

SPOOR.

Le mien oui ! mais aussi je suis le seul dans mon royaume qui ai des idées de progrès; les autres sont des imbéciles qui, y compris mon vénérable père, n'entendent rien à la mode. Je changerai tout ça quand le vieux aura passé l'arme à gauche. En attendant, permettez-moi de vous présenter mes courtisans, à commencer par ma charmante épouse qui fait le bonheur de mes jours... seulement. (A Naneck.) Allons, salue, avec respect et modestie, mais sans faire de l'œil...

LE CAPITAINE.

Ah! c'est la princesse!..

NANECK.

Non, mon commandant, c'est moi Naneck, qu'ils ont habillé ainsi.

SPOOR.

Tais-toi, idiot ! (Montrant lord Laglace.) Celui-ci est notre premier ministre. Le matin, il marche en avant, le soir, il recule, et de cette façon, il reste toujours en place. Une belle tête... à perruque, n'est-ce pas ?.. Et si vous l'entendiez parler ! c'est lui qui est chargé d'endormir le roi en personne.

LE CAPITAINE.

Il est très-bien, votre ministre...

NANECK ; il étouffe un rire et s'adresse au capitaine.

Mais c'est le timonier Will...

SPOOR.

Les autres sont des courtisans de bas étage, allant au gré de tous les vents (et il y en a deux ici, le vent d'Est et le vent du Nord) ; tous ces prudents dignitaires ne craignent que la Tempête, laquelle vient en personne témoigner de ses bonnes dispositions en faveur du Phénix.

LE CAPITAINE.

Je lui en suis très-reconnaissant.

SPOOR.

Commandant, vos sentiments, tout honorables qu'ils soient, ne suffisent pas pour nous désaltérer. On verra si vous avez du savoir vivre, et on vous donnera soi-même l'exemple de la générosité. Ministre!.. déposez aux pieds du commandant les cadeaux que lui offre le roi mon père. Obéissez et tâchez que tout se trouve ! (Le ministre dépose une petite sale corbeille.) C'est bien ! tout y est. Voici une tête de morue sèche; ce n'est pas dans cet état qu'on retire ledit poisson de l'eau; mais c'est avec cela qu'on empoisonne tous les jours les matelots à bord des navires anglais. Cela, ce sont des pierres dures avec lesquelles on a pavé la capitale de notre royaume; mais chez vous, cela s'appelle du biscuit et vous vous en servez deux fois par jour pour engraisser les marins de la Grande-Bretagne. Ceci est une garcette : on ne l'emploie plus dans le royaume de mon père; nous sommes trop civilisés pour cela. Le roi vous envoie ces triques dans la crainte que les vôtres ne soient déjà usées.

LE CAPITAINE.

Merci, prince ! j'en ferai usage... (Grimaces des matelots.)

SPOOR.

A votre arrivée dans notre capitale, on vous promet des rafraîchissements à gogo : des glaces à la vanille, des glaces à la crème, des glaces panachées! Mais j'avais oublié de vous adresser l'insidieuse question : Que venez-vous faire dans ces parages ? Mon ministre, ce vieil abruti, ne me rappelle rien...

LE CAPITAINE.

Nous sommes envoyés à la recherche de sir John Franklin. Votre seigneurie veut-elle nous dire où nous pourrions le trouver?..

SPOOR.

Sir John vit heureux à ma cour, et ne reviendra plus parmi les barbares de l'Europe.

YARLEY, se levant avec véhémence.

Pas de sottes plaisanteries, entends-tu ?

SPOOR, en ricanant.

Quel est ce jeune homme si ardent ?.. Je le ferai frapper à la glace !

LE CAPITAINE, à Yarley.

Laissez-les s'amuser; vous savez que dans ces occasions tout leur est permis..

SPOOR.

Cela n'est pas tout, commandant; il y a parmi vous des novices, la loi de notre royaume veut qu'ils soient soumis à la cérémonie du baptême.

LE CAPITAINE.

Je les livre à votre discrétion.

SPOOR, à Dick.

Approchez ici, jeune navigateur et vieux novice.

DICK, gaiement.

Laisse-moi tranquille, paillasse !..

SPOOR.

Ah! il me donne des titres étrangers, non reconnus par la Charte de mon pays. Holà ! courtisans !.. qu'on le saisisse et qu'on l'amène ici! Obéissez ! (Les diables s'empare de Dick qui rit de tout son cœur.)

MISS EVA.

Oh ! commandant! ne laissez pas tourmenter mon pauvre Dick.

LE CAPITAINE.

Soyez sans inquiétude, ils ne lui feront pas de mal.

SPOOR, aux courtisans en leur indiquant Dick.

Qu'on le précipite la tête la première... dans un verre d'eau salée, et je lui permettrai après d'embrasser la princesse, mon illustre épouse. Obéissez !

NANECK.

J'embrasserai volontiers M. Dick, moi ! il m'a donné ce matin un gros morceau de lard. (Il se jette au cou de Dick.)

SPOOR, à Naneck.

Princesse, votre passion pour le gras vous fait perdre la boussole. Ce que vous faites là est indécent, shoking ! mais je vous comprends, votre cœur a parlé, et vous venez de racheter le patient de la cérémonie; il la paye assez cher.

DICK, riant.

Ah ! le polisson !.. Tu ne vaux pas un doigt du brave Naneck. Naneck, va, mon garçon, tu auras demain du lard.

SPOOR.

J'aperçois là deux mousses qui ont l'air de venir ici pour la première fois. A coup sûr, ce sont deux fainéants ! Qu'on leur lave la tête ! Courtisans, obéissez !.. (Les matelots déguisés saisissent les deux mousses et leur barbouillent la figure.) La dernière épreuve ! Faites-leur boire à chacun un verre d'eau salée, et ils seront dignes d'entrer dans le royaume polaire... (On ingurgite de force quelques gouttes d'eau salée à Dick, aux mousses et à plusieurs matelots qui font d'horribles grimaces.) A votre tour, commandant, faut-il leur servir le bouquet ?

LE CAPITAINE.

Servez-le, tout chaud.

SPOOR.

Moi?.. je ne demande pas mieux !.. ça me va !.. Courtisans !.. en avant le char magique, et pas d'empressement surtout !.. chacun en aura !.. (Le chariot avec une chaudière pleine de punch flamboyant s'avance. — Spoor grimpe sur une élévation, prend une grande cuiller se verse une rasade de punch, l'avale et s'écrie :) A la santé du commandant !..

TOUS.

A la santé du commandant ! (Spoor se verse une autre rasade, l'avale et n'en donne à personne ; les matelots poussent un grognement de mécontentement.)

SPOOR.

Dieu me damne, courtisans, il me semble que vous murmurez !.. Être servis par un prince vous n'êtes pas dégoûtés !..

NANECK.

Mais il boit tout seul.

SPOOR.

Eh bien !.. vous n'avez qu'à vous servir vous-même. (Il se verse une troisième rasade et jette la cuiller.) Les faire boire et peut-être bien comme à l'ordinaire leur chanter encore !..

TOUS.

Oui !.. oui !.. une chanson !..

SPOOR.

Soit !.. courtisans, écoutez, et applaudissez !.. (Spoor élève son verre et chante, tandis que le punch circule à pleine cuiller et qu'après chaque refrain, répété en chœur, les matelots se livrent à un mouvement de gigue très-accentué.)

PREMIER COUPLET.

Au pôle arctique
Chacun se pique
De vivr' joyeux!
La mer y brille
Les glac's scintillent
En rayons d' feu.

CHŒUR.

La mer y brille, etc.

DEUXIÈME COUPLET.

Au pôle arctique
Notr' vrai' musique
C'est l'ouragan !..
Il tonne, il crie!
Mais sa furie
Egay' nos chants!

CHŒUR.

Il tonne et crie, etc.

TROISIÈME COUPLET.

Au cercl' polaire
Ordre est de faire
La noc' souvent!
Pour l'homm' la fête,
Et la garcette
Pour les ours blancs!

CHŒUR.

Pour l'homm' la fête, etc.

SPOOR.

Aux ours blancs... rassure-toi... tu n'en es pas...

DICK.

Ah ! tu me taquines toujours... un instant... j'ai aussi mon couplet.

Air :

Pour tes grimaces
Attends, paillasse,

Autr' chose... auras!
Aux brav's la fête,
Et la garcette
Aux mauvais gas.

REPRISE.

Aux braves, la fête, etc.

(Spoor mène la bacchanale qui prend un caractère très-animé. — Danses, rires, explosions de pétards. — On court sur les bastingages ; on se poursuit jusque dans les hunes et dans les haubans. — Le groupe de l'état-major se lève.)

LE CAPITAINE, à Bellot, après avoir regardé le ciel.

Toujours ce calme désespérant.

BELLOT.

Oui ! pas un souffle d'air ! (En ce moment d'un des haubans un mousse par inadvertance se laisse tomber à la mer ; un cri unanime : « Un homme à la mer ! » retentit de tous les côtés ; matelots et officiers se précipitent vers bâbord tandis que Bellot et miss Eva restent un instant à tribord.)

LE CAPITAINE.

La barre dessous ! amène un canot !.. amène en double ! (Les matelots obéissent.)

BELLOT, vivement.

Ah ! ils lui donnent le temps de se noyer ! (Il jette sa casquette, se prépare à ôter son paletot et à s'élancer par-dessus les bastingages au secours du mousse.)

MISS EVA, se précipitant vers Bellot, et le saisissant à bras le corps.

Non ! non ! arrêtez !..

BELLOT.

Miss Eva ! vous?.. laissez-moi !.. (Au même instant, Spoor débarrassé d'une partie de ses vêtements d'emprunt, se jette à la mer aux applaudissements de l'équipage, avant qu'on n'ait eu le temps de mettre le canot à l'eau. — On lui jette une bouée au bout d'une ligne, cris d'encouragement des matelots.)

MISS EVA.

Vous resterez !.. ici... auprès de moi !..

BELLOT.

De grâce, que faites-vous ?..

MISS EVA.

Mais je vous aime !.. et vous n'irez pas

BELLOT.

Vous m'aimez?.. vous !..

MISS EVA,

Vous me le demandez !

BELLOT.

Pourtant... vous vous êtes embarquée...

MISS EVA.

Parce que je vous aimais !.. parce que je vous aime !.. (Les matelots hissent à bord Spoor et le mousse. — Les applaudissements redoublent. — Tout le monde, y compris Bellot et miss Eva, s'approche de Spoor.)

DICK, au comble de l'enthousiasme.

Ils n'ont rien tous deux !.. (A Spoor.) Spoor, c'est bien, c'est très-bien !

SPOOR, à Dick.

Dé quoi ?.. j'ai failli me couper en deux !.. je suis tombé sur le cercle arctique, juste au moment où nous le passions.

DICK, étonné.

Ah bah !

SPOOR.

Tu n'as rien senti ?

NANECK

Où est-il ce cercle?.. fais voir !..

DICK, gravement.

Écoute, Spoor !.. Tu es un brave !.. je te pardonne toutes les misères que tu m'as faites... je vais plus loin.

SPOOR.

Prends alors avec toi notre navire qui bouge à peine.

DICK, continue.

Je n'ai pas d'enfants, et, si tu veux, je te propose de t'adopter pour mon fils. Tu feras partie du clan des Mac-Gregor.

SPOOR.

Et après?..

DICK.

Tu hériteras de mon petit patrimoine !.. de belles bruyères ma foi !..

SPOOR.

C'est tout ce que le clan des Mac-Gregor a à me donner?.. cela n'est pas lourd !.. nous verrons cela à notre retour en Écosse !.. laisse-moi me sécher d'abord. (Il disparaît pour quelques instants dans le carré des matelots. — Le capitaine étudie avec deux officiers la carte marine. — Yarley écoute de loin le capitaine, mais en même temps il observe miss Eva et Bellot.)

BELLOT, à miss Eva.

M'avez-vous dit la vérité, miss Eva ?.. vous n'avez pas cédé à un instant d'entraînement généreux ?

MISS EVA.

Vous lisez au fond de mon cœur ; je n'ai plus rien à vous
dire.

BELLOT.

Mais moi, de combien de choses j'ai à vous parler !.. Que
d'angoisses à oublier ! que de temps perdu au bonheur ! Oui,
je maudis ces longues heures passées dans les tourments de
l'inquiétude, et que j'aurais pu employer à vous dire combien
je vous aimais ! J'ai fini par ne plus penser à moi-même, par
ne rêver qu'à votre bonheur à vous, ce bonheur que vous sembliez chercher loin de moi !...

MISS EVA.

Mais pourquoi aurais-je quitté ma pauvre tante?.. Pourquoi
aurais-je fait cette folie de m'embarquer?.. folie que je ne regrette plus maintenant...

BELLOT.

On disait à Aberdeen que vous aimiez quelqu'un de l'entourage de sir John, et je me le suis laissé répéter,.. insensé !..

MISS EVA.

Oui... j'ai une religieuse affection pour sir John lui-même...
Enfant, il m'aimait comme sa propre fille. C'est le seul que je
connaisse de toute son expédition.

BELLOT.

Gardez-le, miss Eva, ce pieux sentiment !

YARLEY, en les observant et à part.

Je suis vaincu ! Oh ! non, cela ne sera pas!

MISS EVA, à Bellot.

Vous ne douterez plus?..

BELLOT, à miss Eva.

Non !.. au fond de mon âme, le doute s'est évanoui à jamais !
Miss Eva, je vous aime !

MISS EVA, à Bellot.

Vous n'êtes que juste !

YARLEY ; il contrefait un homme légèrement ivre, et intervient d'une voix
haute.

S'il ne fallait que des soupirs pour faire marcher notre vaisseau, nous marcherions déjà, n'est-ce pas, lieutenant ?

BELLOT, surpris.

Eh quoi! Yarley!

YARLEY.

C'est tout de même une singulière manière de faire son service !

BELLOT.

Je ne comprends pas vos observations.

MISS EVA, à part.

Mon Dieu! qu'est-ce qu'il a donc ?

YARLEY.

En France, dès qu'une femme se trouve à bord, ce n'est
plus sur mer que l'on navigue, mais sur le fleuve du Tendre.

BELLOT.

Monsieur, je vous ferai observer que vous vous oubliez !...
(Spoor apparaît. Le capitaine écoute de loin la scène.)

YARLEY.

Tout doux ! vous n'êtes pas encore ici le chef !

LE CAPITAINE.

C'est moi qui suis le chef ! vous avez manqué de respect au
lieutenant, vous garderez trois jours les arrêts ! Au bloc !

YARLEY, avec une rage concentrée.

Commandant ! (Il se ravise et feint l'ivresse.) Mais que lui ai-je
donc fait, à ce Monsieur ?

LE CAPITAINE.

Assez !.. cela m'étonne que vous vous soyez mis dans un pareil état.

SPOOR, à part.

Ivre lui! qui ne boit que de l'eau ! Oh ! c'est impossible !..

YARLEY.

Suffit, commandant... je tenais à vous expliquer...

LE CAPITAINE.

Marchez!..

YARLEY, à part en jetant un regard à Bellot.

Va, tu ne riras pas le dernier. (Il disparaît.)

MISS EVA.

Si on demandait au capitaine la grâce...

BELLOT.

Je le veux bien, miss Eva... pourtant...

LE CAPITAINE, qui a entendu le dernier mot de miss Eva.

Affaire de discipline, miss Eva, cela ne se discute pas. C'est
core heureux pour lui qu'il ait agi sous l'impression d'un cerveau égaré, sans cela je l'aurais autrement traité ! Cela m'é-
tonne !.. je ne l'ai point vu porter un verre à sa bouche.

BELLOT.

Ni moi non plus !

SPOOR.

Faites excuse, mon commandant, il en a vidé au moins une
vingtaine. C'est moi-même qui l'ai servi ! Oh! quand il s'en

mêle, c'est le premier ivrogne de la marine... il perd de suite
sa tête... autrement...

LE CAPITAINE, sérieusement.

On ne te parle pas! la fête est passée!..

UN MATELOT, agitant un petit drapeau du haut d'un hauban.

Ohé, mon commandant, vent sud est, belle brise!..

LE CAPITAINE.

En vérité, c'est heureux !.. Enfin !.. (Il s'élance sur la passerelle.)

BELLOT.

Miss Eva, le charme fatal est rompu.

MISS EVA.

Puissé-je vous porter bonheur !... C'est un vœu d'égoïste que
je fais là !

LE CAPITAINE.

Larguez la misaine et l'artimon !.. bordez la brigantine au
bras de bâbord derrière! .. Alerte !.. chacun à son poste !

BELLOT.

A tout à l'heure, ma bien-aimée !.. (Il s'élance auprès du commandant.)

SPOOR.

Alerte! alerte !.. Il va faire frais... couvrons-nous de toile!..
(Il s'élance rapidement sur les haubans. — Mouvement à bord. Le vaisseau
met au vent toutes ses voiles.)

ACTE QUATRIÈME.

Au Groënland.

Le théâtre représente une plage entourée d'un amphithéâtre de montagnes. — Dans le lointain quelques pics couverts de glace. —
Huttes et tentes des Esquimaux. — A droite la maison chétive du
missionnaire, entourée de quelques misérables habitations.

SCÈNE PREMIÈRE.

SPOOR, NANECK.

(Au lever du rideau, on voit une foule d'Esquimaux se préparant à la pêche :
les uns endossent et ajustent leurs varouses ; les autres préparent leurs har-
pons et leurs lignes. On inspecte les kayaks, on installe les accessoires de
la pêche. Va-et-vient. Mouvement sur la rade. Un groupe d'Esquimaux
au fond paraît menacer et repousser Naneck, lequel semble être en proie
à une violente colère.)

NANECK, se retournant vers les Esquimaux.

Tas de sauvages !... Vous devriez plutôt être fiers d'avoir
parmi vous un homme qui a vu des pays où pousse l'herbe jaune
dont on fait du pain... du biscuit... où il y a des huttes hautes
comme nos montagnes, et dans chaque hutte on vend de l'eau
de fou !... C'est bon, ça !... (Murmure des Esquimaux. Entrée de Spoor.)

SPOOR, à Naneck.

Une guerre entre frères ?... Ah çà ! tu ne vas pas faire Abel,
toi !... Pas si bête ?...

NANECK.

Parce que je suis allé chez les blancs, parce que je leur ra-
conte comme quoi le lieutenant m'a fait voir une grande...
grande ville qu'on appelle Paris, ils ne veulent plus me prendre
avec eux à la pêche. Ils ont honte de moi !...

SPOOR.

Ils ont raison ! Tu ressembles beaucoup moins à un phoque
que tes braves compatriotes ! Mais s'ils ne veulent pas t'emmener à la pêche, vas y toi-même, et emmène-les avec toi !...

NANECK.

Oui, oui !... Oh! Spoor, tu as une tête !... Non !... tu as deux
têtes dans une tête. (Se tournant vers les Esquimaux.) Allons ! allons!
en mer ! (On lui répond par des bourrades et des grognements.)

SPOOR, aux Esquimaux.

Ah çà ! ours mal léchés, vous ne comptez pas me manquer
de respect à moi ?.... Vous allez de suite emmener avec vous ce
jeune requin. Il a l'honneur d'être de mes amis ! Allons! qu'on
se dépêche! (Il leur fait des signes auxquels les Esquimaux répondent par
des boutades.)

NANECK.

Tu vois, Spoor ! ils te traitent comme si tu étais Naneck.

SPOOR, à Naneck.

Impertinent !... (Aux Esquimaux.) La douceur, l'éloquence du
cœur ne vous vont pas?... Soit ! On vous en fera goûter d'un
autre tonneau ! Viens ici, toi, plate oreille !... Sur mer, dans
ta pirogue, tu vaux quelque chose, n'est-ce pas ? Eh bien, sur
terre : regarde ; rien qu'un souffle ! (Il souffle sur l'Esquimau, lui donne

un croc en jambe et le renverse.) A un autre !... Nez camus! avance!
(Les Esquimaux saisissent leur pagaies et menacent Spoor.)

NANECK.

Prends garde, ils sont méchants !

SPOOR.

Une douzaine contre un seul?... Cela ne compte pas! Dans les ménageries, il n'y a d'habitude qu'un homme. (Les murmures recommencent.)

NANECK.

Spoor, ici, ils sont beaucoup, et il peut en venir encore !

SPOOR.

Des hommes? Tu plaisantes, facétieux sauvage !... (Se ravisant.) Au fait, si j'essayais ! c'est peut-être bien des hommes !... Oh ! nous allons le voir tout à l'heure ! (Il tire de ses poches deux poignées de monnaie de cuivre et les présente aux Esquimaux.) Par ici, mes cocos, approchez !... C'est du bon cette fois-ci ! Cela vous mènera droit au parlement de votre pays. Arrivez!.. arrivez !.. chacun aura au moins une piécette, et vous ferez la paix avec mon cher ami Naneck ! (Les Esquimaux regardent les pièces de cuivre avec dédain.)

NANECK, riant.

Ils ne connaissent pas cela ! Il n'y a pas ici de marchands.

SPOOR.

Ciel ! Sont-ils bêtes ou vertueux?... Non! ils ne sont pas vertueux ! L'amour de l'or n'est pas chez eux assez fort pour leur faire prendre du cuivre ! (Voyant qu'un Esquimau examine avec attention sa gourde.) Ah! nous y voilà !... Petit farceur, il a du flair !... En vérité... ces gentlemen ne se laissent prendre que par le sentiment !... Ma foi ! ce sont des gens de goût !... (Il agite sa gourde, les Esquimaux le suivent avec des démonstrations de joie.) Oh ! la belle musique ! Petit ! petit ! petit !... (Il se sauve de quelques pas, les Esquimaux le poursuivent.) Çà, voyons ! En voulez-vous tous à la fois? Cette méchante gourde n'est pas un abreuvoir.

NANECK.

Donnes-en d'abord à Naneck! Spoor, tu es mon ami !

SPOOR.

As-tu fini! Tu te prends donc pour un vrai marin anglais, que tu as toujours soif ! (aux Esquimaux.) Un instant... Me jurez-vous amitié éternelle pour Naneck?... Oui... Eh bien ! alors, soyez heureux, et que chacun en prenne sa part. (Il livre sa gourde aux Esquimaux.)

SCÉNE II.

Les mêmes, DICK.

DICK entre vivement.

Enfin... te voilà ! je te cherche depuis une heure...

SPOOR.

Tu m'auras cherché là où je n'étais pas. Est-ce vrai, Dick ?

DICK.

Viens vite dans la maison du missionnaire. Le lieutenant te demande, et miss Eva aussi.

SPOOR.

Miss Eva? pour affaire de service? J'aime assez à être commandé comme cela.

DICK.

Dépêche-toi. Tu sais que, depuis que j'ai parlé de t'adopter, tout le monde te regarde comme faisant partie du clan des Mac-Gregor... Viens! tu en verras la preuve.

SPOOR.

Ah! miss Eva!.. Elle a des yeux comme deux étoiles!.. Elle m'intimide!.. Je n'ose pas rire devant elle! Voyons!.. la fiole à courage! Oh! c'est qu'ils ne m'ont pas rendu ma gourde Naneck... je suppose qu'elle doit être vide. (Naneck arrache à un Esquimau la gourde et la rend à Spoor; Yarley entre.)

SCÉNE III.

Les mêmes, YARLEY.

YARLEY entre au moment où Spoor donne à boire à l'Esquimau, à Spoor.

Prends garde Spoor! Les lois danoises défendent sévèrement de donner de l'eau-de-vie aux Esquimaux.

SPOOR.

C'est du rhum !

YARLEY.

Qu'importe?..

SPOOR.

L'avis vient trop tard : en un clin d'œil ils ont desséché la gourde.

DICK, à part, à Spoor.

Viens donc! le temps presse. (Quatre kayáks s'élancent en mer. — Les Esquimaux restés à terre se dispersent. — Yarley va au fond et jette un coup d'œil au départ des pêcheurs. — Spoor et Dick s'en vont. — Entre le capitaine du PHÉNIX.)

SCÉNE IV.

YARLEY, LE CAPITAINE.

LE CAPITAINE.

Yarley, sommes-nous prêts pour le départ de ce soir ?

YARLEY.

Oui capitaine... on vient d'embarquer les traîneaux, et les chiens d'attelage.

LE CAPITAINE.

Il ne me reste donc maintenant qu'à vous indiquer la route.

YARLEY, vivement.

Et vous l'avez déjà choisie ?

LE CAPITAINE.

Oui! à la sortie de la mer de Baffin, nous nous engagerons dans le détroit de Barrow et de Lancastre, et nous mettrons le cap sur l'île de Cornwallis.

YARLEY, inquiet.

Y pensez-vous, capitaine ?

LE CAPITAINE.

Mon plan est arrêté. Nous avons passé la journée d'hier à l'examiner, à le discuter mûrement avec le lieutenant Bellot. Sir John, s'il vit encore, doit avoir fait naufrage sur une des rives du détroit de Wellington. C'est là que nous irons le chercher.

YARLEY.

Vous commandez le bâtiment, je n'ai qu'à obéir.

LE CAPITAINE.

Et vous obéissez contre vos prévisions?

YARLEY, avec effort.

Oui.

LE CAPITAINE.

Je connais vos arguments; mais vous comprendrez aussi que nous ne pouvons pas refaire la même route que vous avez suivie, et sans résultat, lors de votre dernier voyage : vous suivrez la marche que je vous ai indiquée.

YARLEY, à part.

C'est la seule vraie ! (Haut.) Périr!.. c'est très-facile là où nous poussent les avis du lieutenant Bellot. Cela ne pourra sembler dur qu'à ceux qui ne sont pas marins...

LE CAPITAINE.

Ah! Yarley, je vous vois venir. Nous avons à bord des passagers inutiles.... embarrassants dans ces sortes d'expéditions....

YARLEY.

Fort embarrassants et très-inutiles.

LE CAPITAINE.

C'est juste!.. cette jeune fille et son vieux domestique...

YARLEY, achevant.

Nous apportent de l'inquiétude.

LE CAPITAINE.

Cela ne peut pas durer ainsi...

YARLEY.

Eh quoi ! n'êtes-vous pas le maître absolu à bord du *Phénix*? Cette pauvre enfant a-t-elle un titre quelconque pour affronter avec nous les périls de la navigation polaire?... Vous ne voudriez pas, aux yeux de sa famille, vous charger de la responsabilité de sa destinée?..

LE CAPITAINE.

C'est fâcheux qu'il n'y ait pas de bâtiment en partance pour l'Angleterre!..

YARLEY.

Il n'y en a pas aujourd'hui, il peut y en avoir plus tard. N'oubliez pas que, partout où il y a de l'eau salée, le pavillon britannique ne se fait jamais longtemps attendre. D'ailleurs, nous n'abandonnons pas les deux passagers sur une île inhabitée ! Le missionnaire danois de cette plage est un brave homme. Je connais Olafsen depuis longtemps. Lui et sa femme veilleront sur miss Morton comme sur leur propre fille. Elle n'y sera pas aussi bien qu'à Aberdeen; mais, dame! nous ne l'avons pas invitée à venir.

LE CAPITAINE.

Oui! et avant l'hiver, il est plus que probable qu'elle trouvera une occasion de rentrer chez elle.

YARLEY.

C'est certain... Les baleiniers anglais, au retour de leur pêche dans la mer de Baffin, relâchent tous à Godthaab.

LE CAPITAINE.

C'est tout simple... il n'y a pas à hésiter...

YARLEY.

Ni même à céder à un caprice insensé!.. Car, ne vous le dissimulez pas, le consentement de la jeune personne ne sera pas facile à enlever... (En souriant.) Mon capitaine, il existe pour les plus intrépides marins un adversaire plus redoutable que les montagnes flottantes de glace et que toutes les tempêtes du pôle.

LE CAPITAINE.

Lequel ?

YARLEY, avec enthousiasme.

Le regard d'une jolie femme, sa voix douce et harmonieuse qui fait tressaillir toutes les fibres de notre cœur, ses traits divins où la mélancolie et la douleur, la prière et l'espérance, passent comme des reflets célestes, et plongent notre âme dans un abîme d'égarements et de faiblesses !.. Oh ! quand on sait résister à de pareils assauts, on est fort parmi les forts... Mais cela n'est pas donné à tout le monde !

LE CAPITAINE, avec sourire.

Diable ! comme vous y allez, Yarley ! vous avez dû naître quelque part dans les colonies, au milieu d'un été caniculaire ; moi, je suis né à Liverpool, par une journée humide et brumeuse ; depuis, je ne suis jamais parvenu à me réchauffer. J'ai la tête toujours froide.

YARLEY.

Tant mieux !.. les ordres que vous aurez à donner ne vous coûteront rien.

LE CAPITAINE.

Absolument rien !.. soyez-en convaincu... Ce vieux Caleb de miss Eva va-t-il être content ?

YARLEY, à part.

Et moi donc !.. Ils seront séparés !..

SCÈNE V.

YARLEY, LE CAPITAINE, BELLOT, LE MISSIONNAIRE OLAFSEN, MISS EVA.

LE CAPITAINE, à miss Eva.

Le pays n'est pas séduisant, miss Eva... n'est-ce pas ?.. On a beau être galant, il n'y a pas de quoi vous cueillir un bouquet. Eh bien ! tel que vous le voyez, c'est encore le paradis des terres polaires.

BELLOT, à miss Eva.

La nouveauté et la bizarrerie de l'aspect remplacent les charmes absents de la nature.

MISS EVA.

Oh ! je garderai de cette terre un éternel et ineffable souvenir...

LE CAPITAINE.

En vérité, miss Eva, cela s'appelle ne pas être difficile... et pour mon compte, j'en suis enchanté plus que vous ne le pensez...

MISS EVA.

Vous me parliez fleurs et bouquets, capitaine. Au premier coup d'œil, il vous semble que ce sol déshérité n'en produit guère. Détrompez-vous. Partout où l'homme se trouve, partout où il sent son cœur se serrer à la vue de la misère du prochain, il est une fleur plus suave, plus enivrante que toutes celles qui émaillent nos prairies : elle s'appelle la tendresse ; elle se nomme le dévouement.

LE CAPITAINE.

Et vous l'avez rencontrée ici, miss Eva ?

MISS EVA.

Je viens de passer quelques jours avec le vénérable pasteur Olafsen et sa digne femme.

OLAFSEN.

Vous avez rempli de joie notre humble maison.

MISS EVA.

J'ai encore de la peine à rassembler mes impressions. Comprenez-vous, capitaine, toute une vie de privations, de misère, de solitude, d'exil, une vie consacrée à faire du bien à quelques pauvres sauvages ?

LE CAPITAINE.

J'aime à vous entendre parler ainsi, miss Eva. Vos paroles de sympathie pour le pasteur et sa digne femme ouvrent tout naturellement le chemin à une proposition que j'allais vous faire.

MISS EVA.

Laquelle ?

YARLEY.

Une proposition qui n'a pour but que votre intérêt, miss Morton.

LE CAPITAINE.

J'ai réfléchi que les difficultés de la navigation, les dangers qui nous attendent étaient trop sérieux, pour qu'une jeune personne comme vous, élevée dans le luxe, puisse les affronter impunément. Miss Eva, je compte demander au pasteur Olafsen l'hospitalité pour vous, et je donnerai des ordres au premier baleinier que nous ne pouvons pas manquer de rencontrer en

route d'aborder ici, de se mettre à votre disposition, et de vous ramener en Écosse. J'espère que cela ne sera pas long.

OLAFSEN, à miss Eva.

Ma femme vous aime déjà comme son enfant, et vous dire combien nous serions heureux...

MISS EVA.

Merci, mon père, il n'est permis à personne de douter de votre cœur. Je rends grâces également au capitaine de sa sollicitude, mais, après tant de preuves de bonté qu'il m'a données, j'espère qu'il se prêtera volontiers à ma dernière prière. Je le supplie de me laisser décliner ses offres...

LE CAPITAINE.

Eh quoi ! vous refusez ?..

YARLEY.

Vous persistez à nous créer à bord une incessante inquiétude ?..

LE CAPITAINE.

Miss Eva, des hommes vaillants et robustes, lancés dans une pareille entreprise...

BELLOT.

Meurent souvent à la tâche...

YARLEY, à Bellot.

Lieutenant, vous êtes de notre avis... vous avez l'expérience des mers polaires.

BELLOT.

Je les connais, hélas !.. et si mes vœux pouvaient être d'un poids quelconque dans les résolutions de miss Morton, je serais heureux qu'elle acceptât l'hospitalité du pasteur...

OLAFSEN.

Laissez-vous convaincre, Madame !.. Les mers du nord sont terribles !.. ces huttes, ces chétives maisons que vous voyez, sont reconstruites tous les hivers avec les épaves des navires brisés sur nos côtes.

LE CAPITAINE.

Songez que nous allons dans des pays de désolation et de mort ; des solitudes où, une fois attaqués par le hasard, nous n'avons à espérer ni secours, ni salut !

MISS EVA.

Si vous alliez faire une campagne douce et calme, je resterais volontiers à terre. Lady Franklin n'a plus mon âge ; sans cela, vous ne l'auriez pas empêchée de partager vos périls. Madame Olafsen me donne l'exemple de l'utilité que peut apporter une femme dans les moments difficiles de la vie.

LE CAPITAINE.

Mais on aurait compris la sainte folie de lady Franklin !.. elle avait un intérêt direct...

YARLEY.

Miss Morton, c'est une fantaisie que vous risquez de payer trop cher.

BELLOT, à miss Eva.

Le capitaine n'exagère nullement les dangers de l'expédition, et Yarley a raison de vous parler de nos inquiétudes.

LE CAPITAINE.

Cet embarquement est impossible !..

MISS EVA.

Oh ! capitaine !.. vous n'avez pas dit le dernier mot !.. de grâce !.. ne me laissez pas ici !.. j'en mourrais de douleur ! (Elle sanglote.)

LE CAPITAINE.

Miss Morton, mon parti est irrévocable !

MISS MORTON.

Vous auriez pourtant pris avec vous lady Franklin !.. Oh ! laissez-moi partir... je vous en supplie à genoux !

LE CAPITAINE.

Lady Franklin est la femme du commodore sir John.

MISS EVA, se relevant.

Et moi, je suis la femme du lieutenant Bellot !

LE CAPITAINE.

Comment ?

YARLEY.

Sa femme ?

MISS EVA.

Mariés depuis ce matin par le pasteur que voici !.. mon vieux serviteur et un matelot ont servi de témoins.

LE CAPITAINE, à Olafsen.

Est-ce possible ?

OLAFSEN.

C'est l'exacte vérité...

MISS EVA.

D'après les lois de mon pays, je suis maîtresse de mes volontés. Ces mêmes lois m'autorisent, elles m'ordonnent de suivre partout mon mari...

BELLOT.

Capitaine, miss Eva voulait tenir ce mariage secret jusqu'à notre retour en Europe ; le hasard en a décidé autrement.

YARLEY, à part, à Olafsen.

Vous les avez mariés ?.. vous ?..

OLAFSEN, à Yarley.

Oui. (Yarley, en proie à une violente agitation, va au fond de la scène.)

MISS EVA, au capitaine.

Me rendrez-vous, sur *le Phénix*, ma petite cabine où j'étais si bien ?..

LE CAPITAINE, à miss Eva.

Je n'ai plus rien à dire ! Vous avez eu le soin de mettre de votre bord le ciel et ses sacrements. Si j'étais votre père, j'aurais le droit d'ajouter que votre choix me rend fier et heureux.

MISS EVA.

Mon père m'aurait parlé ainsi. (Elle tend son front au capitaine.)

LE CAPITAINE.

Soyez tranquille, je ne me ferai pas prier ! mes cheveux gris me valent ce doux privilége. (Il la baise au front.)

BELLOT.

Votre main, capitaine !.. mon bonheur est complet. (Il serre la main au capitaine.)

OLAFSEN.

Puisque le capitaine le prend ainsi, il voudrait peut-être bien apposer à l'acte sa signature. Les formalités nécessaires se trouveraient ainsi régularisées.

LE CAPITAINE.

Avec grand plaisir. Vous me faites un honneur que je sais apprécier.

BELLOT.

Capitaine, vous m'offrez là une amitié qui ne cessera qu'avec ma vie.

LE CAPITAINE.

Elle durera plus longtemps que la mienne... Vous êtes jeune ! Allons !..

BELLOT, à Olafsen.

Avez-vous besoin de moi, pasteur ?..

LE CAPITAINE, en souriant, à Bellot.

Je ne pense pas... Restez...

OLAFSEN, à Bellot.

Si fait !.. Votre signature .. la vôtre seulement serait nécessaire au bas de l'acte de constatation. (A miss Eva.) Ma femme est sortie dans l'intention de vous rejoindre sur la plage.

LE CAPITAINE, à miss Eva.

On n'abusera pas de votre patience. Nous vous le ramènerons tout à l'heure, miss Eva, ou plutôt... mistress Bellot...

BELLOT.

Eva !..

MISS EVA, lui tendant la main.

Revenez vite !.. (Le capitaine, Bellot et Olafsen se retirent.)

SCÈNE VI.

MISS EVA, seule, puis YARLEY.

MISS EVA.

Mistress Bellot !.. Ah ! c'est donc vrai !.. je suis sa femme !..

YARLEY, qui s'est approché et a l'air de se réveiller.

Vous dites que vous êtes sa femme ?.. Non !.. cela n'est pas possible !..

MISS EVA.

Monsieur Yarley !..

YARLEY.

Vous vous jouez de moi !.. vous le dites pour me faire souffrir !..

MISS EVA.

Je ne vous comprends pas !..

YARLEY, avec éclat.

C'est impossible, vous dis-je !.. Ah ! vous ne me comprenez pas !.. Mais suis-je donc un bloc de granit pour que l'œil humain s'arrête ainsi à ma surface ! Depuis un mois, vous me voyez tous les jours, sans cesse, et vous ne vous apercevez pas de l'enfer qui se déchaîne au fond de mon âme ! Mon cœur se brise sous l'étreinte de la fatalité, ma tête s'égare, mon sang brûle ; et vous passez à côté de moi, calme, indifférente, dédaigneuse ! Et pour que vous me compreniez, vous, belle, intelligente entre toutes, sensible parfois à un regard, il faut que je vous crie à faire éclater ma poitrine : je vous aime, miss Eva !.. je vous aime !..

MISS EVA.

Monsieur... vous parlez à mistress Bellot !.. Laissez-moi rejoindre mon mari...

YARLEY.

De grâce ! par pitié pour vous-même, ne prononcez pas ce nom !.. Un fer rouge sur une plaie saignante ferait moins souffrir ! Rien n'est arrivé de ce que vous venez tous de dire ici... tantôt... J'ai fait un mauvais rêve, j'ai mal entendu, j'ai pris au sérieux une cruelle plaisanterie !

MISS EVA.

Revenez à vous, Monsieur, et respectez en moi la femme d'un de vos officiers.

YARLEY.

Miss Eva, vous me perdez ! Ce que je vous demande, c'est mon salut !..

MISS EVA.

Votre salut ?.. Mais qu'y puis-je ?

YARLEY.

Ah ! vous n'y pouvez rien !.. Écoutez-moi ! Il y a sept ans de cela, sur les côtes de Java, un navire sombrait avec son commodore, resté le dernier sur le pont. La tempête grondait ! L'équipage du navire avait gagné la côte. Le commodore, au moment de s'engouffrer, avait crié deux fois au secours. Il criait au secours, il implorait son salut. Mais l'égoïsme des grands dangers avait saisi les matelots. Eux aussi répondaient : Qu'y puis-je ?.. Un seul ne répondit rien, il se jeta à la mer et parvint à lui arracher sa proie...

MISS EVA.

Cet homme ?

YARLEY.

Il est devant vous,... il vous implore à son tour !..

MISS EVA, avec doute.

Vous... monsieur Yarley !

YARLEY.

La veille de notre départ d'Aberdeen, je l'ai dit à mistress Morton !

MISS EVA.

Oh ! ma pauvre tante !..

YARLEY.

Je lui ai laissé des preuves... la dernière lettre de votre père, son testament, sa dernière et suprême volonté de me donner votre main, l'engagement d'honneur qu'il a pris vis-à-vis de moi. Mistress Morton était chargée de vous révéler tout le lendemain de notre départ. Une expédition périlleuse s'ouvrait devant moi. Je voulais, avant de me déclarer, être sûr de mon avenir... car je vous aimais... de loin... sans oser vous approcher !..

MISS EVA.

Vous avez sauvé mon père ?.. vous ?..

YARLEY.

On ne le dirait pas, à nous voir tous deux, n'est-ce pas ?...

MISS EVA.

Mon Dieu ! mon Dieu ! que faire ?

YARLEY.

Si vous gardez un culte, si vous avez du respect pour cette mémoire sacrée, votre devoir est tracé. Oubliez cette fatale tentative de mariage. Je sais des endroits inaccessibles à la population de cette colonie ; je connais des sentiers secrets qui nous mèneront droit à une rade où je suis sûr de rencontrer un ou deux baleiniers de mes amis... Je vous porterai dans mes bras. Le monde est grand !.. Fuyons !..

MISS EVA.

Fuir !.. moi ?.. Mais je viens de prêter serment, et ce serment, il était déjà prononcé dans mon cœur !..

YARLEY.

Non ! sur mon âme, il ne sera pas dit que je serai le témoin, plus que cela encore, le complice de son bonheur !

MISS EVA.

Mais qui vous donne le droit de me croire capable d'un parjure ?..

YARLEY.

Miss Morton, il en est temps encore, fuyons !

MISS EVA, avec calme.

Monsieur Yarley... ma famille a contracté envers vous une dette sacrée... Je m'en acquitterai.

YARLEY.

Eh quoi !

MISS EVA.

La destinée de cette expédition au pôle, si importante, si glorieuse, dépend de vous, de votre zèle, de votre habileté. Quelles que soient les souffrances qui agitent votre âme, vous pouvez vous réfugier dans l'accomplissement du grand but que vous poursuivez. Contre les grandes douleurs morales, il n'y a qu'un seul remède : le sacrifice !

YARLEY.

Le sacrifice !... On le subit soi-même, on ne l'impose pas aux autres !

MISS EVA.

Il vous sera moins pénible quand des cœurs amis vous aideront à le supporter. Vous retrouverez en moi une sœur aimante et dévouée. Des amitiés sérieuses, des affections vraies, inaltérables, et, par-dessus tout, la conscience d'avoir rempli un grand devoir mettront du calme dans votre âme. Au fond d'une la douleur imméritée, mais dignement subie, vous rencontrerez légitime satisfaction, la grave estime de vous-même.

YARLEY.

Oui!.. De la commisération!... Résigne-toi!... souffre!... dévoue-toi!.. Plus tard, on te fera l'aumône d'un peu de pitié!... Oh! je hais la charité!... Je suis homme, moi!...

MISS EVA.

C'est parce que vous êtes homme que je fais appel en vous aux plus nobles sentiments de l'humanité.

YARLEY.

Je n'ai qu'un seul sentiment, un seul but, un seul désir!... Miss Eva, je vous aime!... Mon amour est pur, il est légitime! C'est auprès du lit d'agonie de votre père, c'est sous ses yeux mourants qu'il est né. Votre père... il vous maudirait s'il voyait votre ingratitude!

MISS EVA.

Mon père était juste et il m'aimait. Il me jugerait et me bénirait!

YARLEY.

Ah! il trouverait juste que vous donniez la mort à l'homme qui lui avait dévoué sa vie! Car rappelez-vous bien, miss Eva, vivre ainsi, je le sens, est au-dessus de mes forces... L'amour et la haine me tueront, et si l'amour et la haine ne vont pas assez vite en besogne... (Il s'arrête.)

MISS EVA.

Oui, je le sais!... vous avez des secrets terribles!... Oh! non, Yarley! vous n'attenterez pas à vos jours! Vous écouterez ma voix!.. vous entendrez ma prière!...

YARLEY.

Grand Dieu! êtes-vous belle ainsi!...

MISS EVA.

C'est une sœur qui vous supplie!

YARLEY.

Oh! moins que jamais je céderai à cet homme qui m'a ravi mon bonheur!

MISS EVA, avec dignité.

Vous vous oubliez, monsieur Yarley!... sans le secret que vous m'avez révélé, je ne vous aurais pas écouté. Maintenant, je vous promets, je vous jure que tout ce qui vient de se passer entre nous restera secret. Je sais ce que je dois à une mémoire chérie. Mais rentrez en vous-même, et, de grâce, laissez-moi aller rejoindre mon mari!...

YARLEY.

Jamais, miss Eva, jamais!...

MISS EVA.

Quoi!... de la violence!... Ils sont là, tout près...

YARLEY.

Il me tuera, alors, ou je le tuerai!...

MISS EVA.

Ce que vous faites là est infâme! Yarley, ayez pitié de vous-même!

YARLEY.

Je n'ai pitié que de mon amour!... venez!.. (Il va pour l'enlever, à ce moment on entend la voix de Spoor dans la coulisse.)

SCÈNE VII.

LES MÊMES, SPOOR.

MISS EVA, apercevant Spoor.

Ah!.. Spoor!.. je suis sauvée!..

YARLEY, à part.

Malheur!..

SPOOR à Yarley.

La pêche dure longtemps!.. cet animal de Naneck ne revient pas. Il me laisse là auprès de sa fiancée, un jour de noces!.. ils ont de la confiance, ces sauvages, cela leur fait honneur!..

YARLEY.

Miss Eva, j'ai encore quelques preuves à l'appui de ce que je viens de vous dire... Va à bord... tu trouveras dans ma cabine des papiers... un portefeuille. Va vite...

MISS EVA.

Spoor, restez!

YARLEY, avec éclat.

Tu as entendu?.. obéis!..

SPOOR, montrant miss Eva.

J'obéis... je reste!..

MISS EVA.

Oh! oui!.. n'est-ce pas?.. je vous en supplie!..

YARLEY.

Va à bord!.. te dis-je!..

MISS EVA.

Oh! restez!..

SPOOR.

C'est entendu, miss Eva! Je ne demande pas mieux que de naviguer sous votre pavillon!

YARLEY.

Misérable!..

SPOOR.

Ah!.. de la colère!.. je connais ça!.. voyons, tout autre à ma place ne serait-il pas heureux d'obéir à miss Eva?.. de quoi s'agit-il?

YARLEY.

Ma colère!.. tu ne la connais pas encore!.. (Il veut se précipiter sur Spoor.)

MISS EVA, se mettant devant Spoor.

Monsieur Yarley, vous ne lui ferez pas de mal!

SPOOR.

Ne craignez rien, miss Eva!.. s'il est loup de mer, je suis louveteau, et les loups, vous savez, ne se mangent pas entre eux!..

YARLEY.

Arrière, te dis-je!.. va-t'en!.. tu joues ta vie!..

SPOOR.

Oh! mais alors, c'est sérieux!.. et je reste!

YARLEY.

Tu refuses!.. (Il met la main sur son poignard.)

SPOOR, se croisant les bras.

Doucement, Yarley!.. ne mets pas la main sur ton couteau!.. cela pourrait te porter malheur!..

MISS EVA, à part.

Comme il lui parle!..

YARLEY.

C'en est assez!.. (Il s'élance vers Spoor.)

SPOOR, avec calme.

Il n'entre pas dans tes projets de refaire un autre voyage à la colonie d'Hobart Town?.. n'est-ce pas?..

YARLEY.

Oh! tais-toi!

SPOOR, à miss Eva.

Il fait très-chaud, aujourd'hui. Le soleil lui dérange quelquefois l'esprit...

YARLEY.

Spoor!.. tu me le payeras...

SPOOR.

Et devant témoins, si tu veux... car je vois du monde qui nous arrive. (Il fait quelques pas au fond de la scène.)

MISS EVA.

Rassurez-vous, Yarley, je vous ai juré le secret et je n'oublierai jamais ce que je vous dois... tout au contraire... je me ferai un bonheur de raconter à mon mari votre dévouement pour mon pauvre père.

YARLEY.

Non! non!... pas un mot de tout cela... à personne; je vous en supplie, je l'exige!...

MISS EVA.

C'est bien... vous tenez à cacher là une belle action.

YARLEY, avec colère contenue.

Je ne tiens pas à la reconnaissance!.. je sais ce qu'elle vaut!

MISS EVA.

Vous n'avez donc jamais eu d'ami?...

SCÉNE VIII.

YARLEY, MISS EVA, SPOOR, LE CAPITAINE, BELLOT, DICK, plus tard OLAFSEN, MARTHE, sa femme.

LE CAPITAINE, à miss Eva.

Mistress Bellot, l'acte est signé, et quant à la noce, j'espère que vous m'y inviterez à notre retour en Angleterre. Mais je m'aperçois que vous êtes émue... Ah! c'est bien simple!

BELLOT, en souriant.

Eva, serait-ce une pensée de regret?...

MISS EVA.

Non... c'est le bonheur présent qui me rend inquiète pour l'avenir.

BELLOT.

L'avenir vous sera doux, vous connaîtrez ma bonne mère et vous l'aimerez; vous verrez la France et elle vous plaira.

MISS EVA.

J'aimerai tout ce que vous aimez, tous ceux qui vous aiment.

DICK, à miss Eva.

Ma bonne maîtresse, ce jour que j'attendais depuis votre naissance, je ne pensais guère le célébrer ici, sur cette terre sauvage, si loin de notre vieille Écosse! C'est égal, j'en suis heureux tout de même.

BELLOT.

Brave Dick! sois tranquille, à notre retour en Europe nous te consignerons à terre pour le reste de tes jours.

MISS EVA, avec tristesse.

Dick, vous êtes ici le seul de ma famille...

LE CAPITAINE.

Du tout, mistress Bellot, nous revendiquons tous cet honneur. Loin du pays, le navire est une seule maison, et l'équipage une seule famille. C'est aujourd'hui fête pour tout le monde à bord du *Phénix*, et il n'est ici personne qui ne soit heureux de votre bonheur, n'est-ce pas, Yarley?

MISS EVA, à part.

Mon Dieu!...

SPOOR, à part.

La joie ne me semble guère étouffer mon ami Yarley.

LE CAPITAINE.

Eh bien! Yarley, vous ne dites rien? Cela ne vous encourage-t-il pas à vous marier à votre retour en Écosse? Mais vous êtes un marin fanatique, vous ne me paraissez aimer que la mer...

YARLEY.

Je ne me marierai jamais, capitaine, je n'aime que la mer; on peut s'y fier à elle, quoi qu'on en dise...

LE CAPITAINE.

Ah! quelques vieilles rancunes d'amour!... qui n'en a pas?..

SPOOR, à Dick.

Il a beaucoup voyagé...

BELLOT, à Yarley.

Camarade, voilà deux expéditions sérieuses que nous faisons ensemble. Des dangers courus en commun font de l'amitié une fraternité, croyez que la mienne ne vous fera jamais défaut. Votre souvenir me sera également précieux : puissiez-vous un jour être mon hôte en France.

YARLEY.

Vous me faites trop d'honneur, lieutenant; je comprends du reste qu'en un pareil moment votre cœur s'ouvre à d'aussi nobles sentiments; il vous arrive un immense bonheur, et je vous en félicite.

LE CAPITAINE, à miss Eva.

Vous avez eu deux témoins... quel était donc le second?

MISS EVA, indiquant Spoor.

Le voici!

LE CAPITAINE, à Spoor.

Pour un pilotin, tu n'as pas été mal partagé! tu vas faire maintenant le fier?...

SPOOR.

Entre marins, mon capitaine, on se rend volontiers service! Et puis Dick m'a dit que dans l'illustre clan des Mac-Gregor, et dans le monde en général, on ne se servait de témoin qu'aux gens qu'on aimait. A ce titre, le lieutenant et mistress Bellot ont bien fait de me choisir. Maître Yarley aurait également raison d'en user avec moi de même. Mais, dame! lui!.. c'est tout naturel!... il m'a élevé, et il me comble tous les jours de ses bontés...

LE CAPITAINE, à Spoor.

Tu as un cœur reconnaissant, c'est bien!...

YARLEY, à Spoor.

Assez de paroles!... tu es ici devant tes supérieurs!...

SCÈNE IX.

LES MÊMES, NANECK.

(Quatre kayaks de pêcheurs abordent au rivage. Une foule d'Esquimaux, hommes, femmes et enfants, envahissent la scène; une douzaine de matelots du PHÉNIX arrivent en même temps.)

NANECK.

Oh! quelle pêche!... quelle pêche!... Six phoques!... j'en ai harponné un moi-même! Oh! je suis redevenu un vrai Esquimau!... Ils sont forcés de me respecter.

SPOOR.

Tu vas faire là un beau cadeau de noces à ta fiancée! Laisse-lui même la liberté du choix! Entre un phoque harponné et toi vivant, elle n'hésitera pas... sois calme!

NANECK.

Ah! elle sera contente du phoque?

SPOOR.

Et de toi par-dessus le marché... cela s'entend!

BELLOT.

Eh bien, Naneck, ta fiancée, où est-elle?

NANECK.

Elle a honte des blancs, elle n'ose pas; Spoor, elle te connaît déjà! amène-la...

SPOOR, à Naneck.

Que vas-tu devenir quand je ne serai plus là?... tu ne te tireras jamais d'affaire!... Allons! viens ici, ma petite mouette

blanche... (Il prend une jeune fille au milieu du groupe et la présente à miss Eva et à Bellot.) Saluez, Mademoiselle! Là!... Ça ne connaît pas encore les belles manières!... Dame!.. nous ne sommes ici que depuis quelques jours...

DICK, à Naneck.

Elle est très-gentille, ta fiancée!

NANECK.

Vous êtes bien bon, monsieur Dick; vous laisserez à Naneck, avant de partir, un gros morceau de lard?

DICK.

Et du biscuit...

NANECK.

Et de l'eau de feu...

DICK.

Silence!...

NANECK.

Oh oui! n'en dites rien au pasteur!...

SPOOR, à la jeune fille.

Allez, ma fille, et soyez à votre aise, comme si vous étiez chez vous! (A Naneck et aux Esquimaux.) La pêche a été heureuse... Naneck seul a du guignon, il se marie le jour de mon départ. Va, mon garçon, on ne peut pas tout avoir à la fois. Tu consoleras ta fiancée pendant mon absence. Et maintenant, qu'on se réjouisse! Sauvages, soyez gais!... je veux qu'on m'amuse... et la noble compagnie aussi!... (On apporte deux ou trois pliants. Ballet des Esquimaux. Les principaux personnages regardent quelques instant la danse, puis ils s'éparpillent au fond. Bellot donne le bras à miss Eva, et, tout en se promenant sur la plage, ils se livrent à une causerie intime. Le capitaine engage une conversation avec le pasteur et sa femme. Yarley rôde seul et apparaît rarement. Dick, Spoor et Naneck restent ensemble. Les matelots du PHÉNIX et les Esquimaux qui ne prennent pas part à la danse se groupent de diverses façons. Vers la fin de la danse nationale des Esquimaux, Spoor amène Dick et Naneck sur le devant de la scène).

SPOOR, à Naneck.

Ils ne s'en tirent pas trop mal! tu les complimenteras de ma part.

NANECK.

Oh! cela n'est pas ça! Naneck n'aime plus les danses esquimaudes.

DICK.

Te voilà devenu bien difficile, mon garçon...

SPOOR.

Ah! tu fais le raffiné!... tu as vu peut-être quelque chose de mieux!

NANECK.

Oui, dans la grande ville où le lieutenant a mené Naneck avec lui, à Paris.

SPOOR.

Mais alors, tu as des devoirs sacrés envers ta patrie... Va!... apprends-leur les gavottes françaises!

DICK.

Oui, c'est ça!... maître de danse!... Tu auras rapporté avec toi un état!...

NANECK.

Oh! je le veux bien!...

SPOOR.

Commence par ta fiancée : la famille avant tout!...

NANECK, à sa fiancée, pendant que la jeune fille et les Esquimaux l'entourent.

Viens ici; regarde bien! Tiens... cela commence ainsi!... Ça y est!... un peu vivement!... A vous autres!... (Naneck explique à sa fiancée un pas parisien un peu excentrique; celle-ci s'efforce de l'imiter. Les jeunes filles et les Esquimaux tâchent de mettre à profit les leçons de Naneck; ils y réussissent d'une façon burlesque. Néanmoins la danse devient générale, et gagne de plus en plus en animation. Elle dégénère enfin en une confusion où l'on ne distingue plus les préceptes chorégraphiques de Naneck.)

SPOOR, à Naneck.

Tu ne te débrouilleras jamais si l'on ne te vient pas en aide!... (Aux matelots du Phénix.) Voyons, camarades! éblouissons ces hommes primitifs par une bonne gigue anglaise!... La leçon leur viendra de première main!... Arrivez par ici!... Naneck! je t'emprunte ta fiancée; nous sommes de vieux amis, tu sais!.. (Spoor prend la fiancée de Naneck, les matelots s'emparent des jeunes filles, et commencent une gigue qu'ils continuent bientôt sans Spoor.)

SPOOR, s'affaissant entre les bras de Dick.

On peut les laisser aller!... ils y vont maintenant tout seuls!...

DICK, à Spoor.

A notre retour, tu seras le premier danseur du clan des Mac-Gregor! (La danse touche à fin. Rentrent le capitaine, Olafsen et sa femme, Bellot et miss Eva; Yarley apparaît du côté opposé. On entend un coup de canon.)

LE CAPITAINE.

Le Phénix nous appelle. En route!.. ne perdons pas un temps qui appartient à sir John et à ses camarades.

BELLOT.

Bénie soit cette terre où j'ai retrouvé le bonheur!

MISS ÉVA.

Je t'aime!... (On entend un second coup de canon.)

LE CAPITAINE.

Adieu, mes amis. (Adieux de Spoor à la mouette blanche, de Dick à Naneck, de madame Olafsen à miss Éva.)

OLAFSEN.

Nous prierons le ciel pour votre succès, et vous réussirez...

YARLEY.

Oui... si l'enfer ne s'en mêle pas!... (Embarquement des navigateurs.)

ACTE CINQUIÈME.

Le théâtre représente un paysage de glace dans le détroit de Wellington. — Des glaces de diverses formes envahissent l'horizon entier. — Au premier plan, sur un monticule de glace, sir John Franklin au milieu de ses compagnons; leurs vêtements sont encore plus misérables qu'au premier acte; leurs figures sont hâves et décharnées, leur installation provisoire témoigne d'une extrême détresse.

—

SCÈNE PREMIÈRE.

SIR JOHN FRANKLIN, TURNER, JACK ELTON, PIERRE LE HARDY, SNAFF, PHIDIAS.

TURNER.

Sir John, nous ne restons plus que six de tout l'équipage de l'*Érèbe* et de *la Terreur*.

JACK ELTON.

L'Angleterre nous a oubliés!...

SIR JOHN.

Hommes ingrats! pensez-vous que pour arriver jusqu'à nous il ait suffi d'expédier un navire? Ah! j'ai la certitude que nos plus vaillants marins se sont élancés chacun à son tour à notre recherche! Plutôt que d'accuser votre généreuse patrie, maudissez la vraie cause de vos malheurs, maudissez celui qui vous a entraînés dans ce voyage de désastre et de mort.

TURNER.

Sir John, ceux de nous qui ont succombé sont tous morts en se réjouissant de mourir avant vous!

SNAFF.

Oui : « L'amiral sera peut-être sauvé, » disaient-ils!

JACK ELTON.

Il y a un an, on pouvait encore espérer.

PIERRE.

Oui, lorsque notre malheureux Job nous a apporté son renard.

TURNER.

Et depuis un an, rien!... sinon la mort successive de nos compagnons.

PIERRE.

J'avais pourtant confiance dans ce nom de lieutenant Bellot! Avec quel bonheur j'aurais serré sa main!.. un Français!.. un enfant de la patrie mère!.. Il aurait bien dans un Canadien comme moi reconnu un compatriote.

SIR JOHN, se parlant à lui seul.

Ce brave Kennedy!.. quel désespoir à son retour a-t-il dû jeter dans ma maison!.. Oh! ma pauvre femme! (Un coup de canon suivi d'un écho prolongé se fait entendre dans le lointain.)

PHIDIAS, à sir John.

Maître! maître! vous entendez?..

TURNER se redresse vivement.

Sir John! il y a du nouveau!

PIERRE, à Turner.

Ah! oui... c'est quelque montagne qui se détache du glacier et roule avec fracas : c'est la saison d'été qui s'ouvre et la terrible débâcle du pôle qui commence!

PHIDIAS, à sir John.

Maître!.. est-ce vrai?..

SIR JOHN.

Vous vous rappelez que l'an passé nous avons à peine échappé à un pareil danger sur les côtes de Cornouailles. Vous vous souvenez quand cette carapace glacée de l'Océan, sous l'action des courants chauds et des vents du Sud, se gonfla soudain, se brisa en éclats et changea la morne immobilité de ces solitudes en un spectacle d'effrayant cataclysme! La tempête accourut réclamer sa part de destruction. J'entends encore le formidable bruit du désastre! On aurait dit que le monde entier croulait sur ses bases!.. Plusieurs de nos malheureux compagnons entraînés par la chasse loin de notre campement, ne sont plus revenus. Que la paix soit avec eux!

JACK ELTON.

Et avec nous aussi, puisque c'est la débâcle qui commence!

SIR JOHN.

Tant que nous sommes vivants, aucun de nous, amis! ne sera assez lâche pour désespérer!... En tout cas, quelle que soit notre destinée, accueillons-la comme il convient à des hommes de notre pays et de notre état. Ce drapeau de la Grande-Bretagne sera le linceul de la dernière victime. Celui qui survivra aux autres le lèvera vers le ciel et mourra aux cris de « Vive l'Angleterre! »

PIERRE, avec enthousiasme.

Si c'est moi, sir John, je suis Canadien, j'ai du vieux sang français dans les veines, et je vous demande la permission de joindre à votre cri celui de « Vive la France! »

SIR JOHN, lui serrant la main.

Oui, mon ami, la mort glorieuse connaît ces deux cris, l'un aussi bien que l'autre. (Deuxième coup de canon.)

PHIDIAS, à sir John.

Maître, ce n'est pas du tout le bruit de l'an passé, le bruit de la débâcle! (Tous écoutent. — Troisième coup de canon.)

SIR JOHN.

Sur mon âme! c'est une voix douce à mon oreille!... une voix bien connue!... C'est le canon!...

TOUS, se levant avec vivacité.

Un navire! un navire!

TURNER, s'élevant dessus les autres.

Je ne vois rien!

TOUS, regardant.

On ne voit rien!

SIR JOHN, couvrant ses yeux.

Je suis presque aveugle et je le vois!... Non!... non!... Ce n'est point une illusion! Phidias! prends le pavillon! lève-le haut! Aussi vrai que c'est moi qui vous parle, j'ai entendu la voix du canon!... (Phidias exécute les ordres.) Regardez! regardez bien! derrière ces montagnes de glace... là où commence la mer libre, vous devez apercevoir quelque chose!...

TOUS, regardant.

Rien!... (Un fracas lointain, semblable à un tonnerre prolongé, se fait entendre.)

PHIDIAS.

Maître! les montagnes bougent!

SIR JOHN, avec désespoir.

Oh! cette fois-ci, c'est elle!... c'est bien le bruit de la débâcle!

SNAFF, à Elton.

Malheureux! c'est toi qui nous a amenés ici!...

ELTON.

Païen!... et de quoi vivrions-nous si tu n'étais pas à la portée de la pêche?

SIR JOHN.

Le salut est là, vous dis-je! Deux heures, une heure de gagnée et nous sommes sauvés!... Phidias, regarde!... regarde bien! (Première apparition du PHÉNIX dans le lointain.)

PHIDIAS, laisse tomber le drapeau, et se précipite aux pieds de sir John.

Maître! un navire!... un trois-mâts! pas loin! oh! mon bon maître!.. (Pierre le Hardy ramasse le drapeau et prend la place de Phidias.)

TOUS.

Oui!... un navire!... un navire anglais! Hourra pour l'Angleterre!... (Un second craquement plus prononcé. Les basses glaces sur le devant de la scène se fendent. Le monticule sur lequel se trouvent les naufragés se détache de sa base et commence à flotter. Le PHÉNIX disparaît derrière les montagnes de glace.)

TURNER.

Sir John!... tout est perdu! (Un coup de canon.)

SIR JOHN.

D'où vient le courant? (Le monticule flotte et se dirige vers le fond de la scène à gauche.)

TURNER.

Il nous entraîne....

SIR JOHN.

Pierre! le drapeau! tiens haut le drapeau! (Le monticule continue à se diriger vers le fond de la scène. Les glaces se mettent en mouvement. — Deuxième apparition du PHÉNIX.)

PIERRE.

Oh! le navire! La voix humaine ne saurait atteindre! (Un énorme glaçon vient remplacer le vide causé par le déplacement du monticule des naufragés.)

ELTON.

S'ils pouvaient nous apercevoir!

PIERRE.

Impossible! Les montagnes nous cachent. (Le PHÉNIX disparaît encore.)

SNAFF *veut s'élancer.*
Courons au-devant! Au-devant!

JACK ELTON.
Insensé! Tu ne vois pas le gouffre!.. (*Un abîme vient de s'entr'ouvrir entre les glaces du devant de la scène qui se sont resserrées et le monticule dè sir John.*)

SIR JOHN.
A moi le drapeau!.. A moi!.. je suis le commandant! Si nous devons mourir, rappelez-vous que d'autres hommes que nous ont succombé après des années de luttes et en vue de la terre promise! (*Ils disparaissent pour un instant dans le fond, derrière une montagne de glace.*)

SCÈNE II.

BELLOT, YARLEY. *Au moment de la disparition momentanée de sir John et de ses compagnons, au fond de la scène, à droite, apparaissent Bellot et Yarley. — Bruit nouveau de la débâcle; les deux hommes sautent de glaçon en glaçon en s'appuyant sur de longs bâtons; ils arrivent sur la glace qui s'est resserrée sur le devant de la scène.*

BELLOT, *suivi de Yarley.*
Par ici, Yarley! Les glaçons vont se resserrer!.. Il me semble avoir entrevu un drapeau. C'est notre extrême exploration!..

YARLEY.
Vous avez vu la débâcle, et cela pourrait être en effet notre dernière exploration!..

BELLOT.
Qu'importe!.. n'êtes-vous pas un vaillant pilote des glaces? Je me fie à votre expérience!..

YARLEY.
Mon expérience vaut moins que le doux talisman qui vous protège!

BELLOT, *vivement.*
Essayons de pénétrer plus avant.

YARLEY.
Volontiers, le spectacle sera curieux: la débâcle est imminente et les courtes clartés du jour polaire vont bientôt céder la place aux ténèbres de cette saison.

BELLOT.
Nous reviendrons aux lueurs d'une aurore boréale, n'est-ce pas?

YARLEY.
C'est tout ce que nous avons la chance de découvrir.

BELLOT.
Vous n'avez donc aucun espoir pour nos malheureux naufragés?

YARLEY.
Je n'espère qu'en votre bonheur à vous. (*Au fond de la scène apparaissent sir John et ses compagnons.*)

BELLOT, *apercevant soudain les naufragés.*
Sur mon âme, vous ne vous êtes pas trompé, Yarley! Regardez!... regardez!

YARLEY.
Quoi! est-ce possible?

BELLOT.
Victoire! victoire! ce sont eux! Sir John Franklin!.. Et c'est moi qui les aperçois le premier!.. Vive la France!.. Sir John! la délivrance!.. le salut!... Oh! ils ne m'entendent pas!..

YARLEY, *à part.*
Je suis perdu!..

BELLOT, *avec enthousiasme.*
Oh! arrêtez!.. nous sommes là!.. Ils nous ont aperçus!... Yarley!.. ils nous voient!.. Ah! le courant les entraîne!.. Ohé du *Phénix*!.. au secours!.. au secours! au secours!.. (*La débâcle reprend; le glaçon sur lequel se trouvent Yarley et Bellot s'isole. On voit dans le lointain sir John et ses compagnons étendre les mains vers Bellot tout en s'éloignant. Une montagne les masque pour quelques instants.*)

YARLEY, *à part.*
Je suis le seul à désirer la mort!.. Viens, ô suprême refuge! viens pour nous deux!

BELLOT.
Où sont-ils?.. Ciel! un moment de répit!... Ah! mon Dieu! mon Dieu!.. je ne les vois plus!.. Non! il ne sera pas dit que nous les laisserons périr!.. Les glaçons peuvent se resserrer plus loin!.. Allons, Yarley, un effort!.. En avant! en avant!

YARLEY, *immobile.*
Oui, en avant!

BELLOT.
Il me semble que j'entends leurs voix!.. Vite, Yarley, vite!.. (*Il prend son élan, s'appuie sur son bâton et veut sauter de son glaçon sur un autre; le pied lui glisse, son bâton tombe de ses mains; Bellot tombe dans la mer et crie en s'accrochant au bord du glaçon.*) A moi, Yarley!..

le tourbillon m'entraîne!.. votre main... (*Yarley fait un mouvement, soudain il se ravise, se croise les bras, se détourne et reste le regard fixé en bas.*) Ah! misérable!.. sois maudit! Eva!.. ma pauvre Eva!... (*Bellot disparaît; la mer s'agite, la glace se referme sur Bellot; sir John apparaît pour la dernière fois et s'efface dans les brumes lointaines.*)

YARLEY, *seul.*
Ah! oui! victoire!.. crie victoire!.. déchire-moi le cœur par l'aspect de ton bonheur!.. va!.. rejoins ceux que tu as cherchés!.. Le banni australien n'existe plus, Yarley renaît à la vie! Mais quoi?.. Où suis-je?.. Et lui, qu'est-il devenu? Pitié!.. votre main! au secours!.. Il m'appelait tout à l'heure! Que lui ai-je fait? Est-ce moi qui l'ai assassiné?.. Oui, un seul geste, et il était sauvé!... Il m'appelle! il me crie: Misérable!... Tais-toi! tais-toi! tu es mort... les morts ne parlent plus!..

SCÈNE III.

YARLEY, LE CAPITAINE, MISS EVA, DICK, SPOOR ET DEUX MATELOTS *apparaissant au fond, à droite.*

YARLEY, *les apercevant.*
Les voilà!.. ils viennent!.. ils vont lire ici, sur mon front... Non!.. qu'ils ne viennent pas ici... ils verraient tout! (*Criant.*) Arrêtez! arrêtez!.. je ne sais pas ce qu'il est devenu!.. Arrêtez!... (*Il s'élance sur un autre glaçon, fait un faux pas et tombe à la mer.*) Pitié! au secours!.. Il m'a maudit! (*Une montagne de glace s'écroule sur Yarley et l'écrase; il disparaît et la glace se referme sur lui.*)

LE CAPITAINE, *accourant avec les autres.*
Yarley, mort!

MISS EVA.
Mon mari! où est mon mari?.. (*On cherche de tous les côtés.*)

SPOOR.
Voici son bâton.

LE CAPITAINE.
Oh! l'infortuné!..

MISS EVA.
Quoi! il a péri!.. Mais non.. c'est impossible!.. je vous dis que c'est impossible!..

LE CAPITAINE.
Mistress Bellot!.. mon enfant!.. de la résignation!

MISS EVA.
Il faut le sauver!.. ou me laisser mourir!

LE CAPITAINE.
Hélas! quel jour de deuil pour la marine de France!... (*La grande débâcle commence avec un bruit effrayant. Les montagnes de glace chavirent et apparaissent sous un nouvel aspect. Le paysage entier se met en mouvement.*)

MISS EVA.
Laissez-moi aller plus loin!

LE CAPITAINE.
Nous sommes tous perdus! engloutis!... Le cataclysme se déchaîne.

SPOOR.
Oh! nous la sauverons!... Venez! venez!

MISS EVA.
Perdue! Dieu soit béni! perdue avec lui!

LE CAPITAINE.
Plus de salut! les glaces se brisent!... les abîmes s'ouvrent!.. (*Apparaît une embarcation qui se fraye avec peine un passage au milieu des glaces.*)

SPOOR.
Capitaine!... nos braves du *Phénix* sont là!... (*A miss Eva.*) Mistress Bellot... courage! venous par là... il y a encore de l'espoir.

MISS EVA.
De l'espoir? Il est là? vous le voyez?... Oh! vite! vite! nous le sauverons...

LE CAPITAINE.
En route! tant que nous sommes vivants, il y a encore de l'espoir pour nous et pour l'infortuné sir John Franklin!

MISS EVA.
Ah! vous m'avez trompée! ce n'est pas lui que vous voulez sauver!... Laissez-moi, je veux mourir ici. (*Elle tombe évanouie dans les bras de Spoor qui, aidé des matelots, la transporte dans l'embarcation. Au moment où ils s'embarquent, les glaces chavirent pour la deuxième fois et une aurore boréale éclate.*)

FIN.